Gegensätzlicher kann man sich eine Partnerschaft von zwei Menschen kaum vorstellen als die zwischen Goethe und seiner Frau Christiane, die von der Weimarer Gesellschaft und später von den Literaturhistorikern als »Bettschatz« und »Dummchen« tituliert wurde. Eckart Kleßmann, ausgewiesener Kenner der Goethezeit, »korrigierte die überkommenen Klischees, und er entwarf mit dem schönen Elan der Sympathie ein gerechteres Bild der jungen Frau«, die mehr war als die sinnliche Geliebte, die umsichtige Wirtschafterin und sorgende Mutter: Sie war für Goethe »die unvergleichliche Partnerin im Reich der guten Täglichkeit, deren Liebe er mit Liebe erwiderte und für deren Wärme er mit Wärme dankte, des dauerhaften Vergnügens, das sie ihm bescherte, niemals überdrüssig«. (Klaus Harpprecht, Die Zeit)

Eckart Kleßmann, geboren 1933 in Lemgo, arbeitete als Redakteur bei verschiedenen Zeitungen und ist seit 1977 freier Schriftsteller. Zahlreiche Publikationen über Themen der deutschen Kultur- und Geistesgeschichte. Sein Gesamtwerk wurde 1989 mit dem Hamburger Literaturpreis der Irmgard-Heilmann-Stiftung ausgezeichnet.

Eckart Kleßmann

Christiane

Goethes Geliebte und Gefährtin

Fischer
Taschenbuch
Verlag

Ungekürzte Ausgabe
Veröffentlicht im Fischer Taschenbuch Verlag GmbH,
Frankfurt am Main, Oktober 1995

Lizenzausgabe mit freundlicher Genehmigung der
Artemis Verlags-AG, Zürich

Druck und Bindung: Clausen & Bosse, Leck
Printed in Germany
ISBN 3-596-11886-7

Gedruckt auf chlor- und säurefreiem Papier

Vorwort

«Pah! sagte Goethe lachend, als ob die Liebe etwas mit dem Verstande zu tun hätte! Wir lieben an einem jungen Frauenzimmer ganz andere Dinge als den Verstand. Wir lieben an ihr das Schöne, das Jugendliche, das Neckische, das Zutrauliche, den Charakter, ihre Fehler, ihre Capricen, und Gott weiß was alles Unaussprechliche sonst; aber wir lieben nicht ihren Verstand. Ihren Verstand achten wir, wenn er glänzend ist, und ein Mädchen kann dadurch in unseren Augen unendlich an Wert gewinnen. Auch mag der Verstand gut sein, uns zu fesseln, wenn wir bereits lieben. Allein der Verstand ist nicht dasjenige, was fähig wäre, uns zu entzünden und eine Leidenschaft zu erwecken.» GOETHE ZU ECKERMANN, 2. 1. 1824

«SOLLTE MAN WOHL glauben», sagte Goethe 1808 von seiner Lebensgefährtin und seit zwei Jahren auch Ehefrau Christiane, «daß diese Person schon zwanzig Jahre mit mir gelebt hat? Aber das gefällt mir eben an ihr, daß sie nichts von ihrem Wesen aufgibt, und bleibt, wie sie war.»

Vielen in der Mit- und Nachwelt hat eben dies nicht gefallen. Und manche haben sich und andere gefragt, warum es denn wohl gerade diese Frau sein mußte, die Goethes Leben fast 28 Jahre lang geteilt hat. Natürlich kann es nicht mehr als ein Versuch sein, das Thema Goethe und Christiane zu umkreisen und dabei den Spuren nachzugehen, die sich dokumentarisch belegen lassen.

Dokumente: Das sind zuvörderst die zwischen Goethe und Christiane gewechselten Briefe, sodann die recht buntscheckigen Zeugnisse der Zeitgenossen. Und die sind – wie könnte es anders sein – von größter Subjektivität und entsprechender Widersprüchlichkeit. Die infamsten Bemerkungen über Christiane kamen aus der Weimarer Klatschsphäre, und so mancher Besucher der Stadt bezog daher seine Informationen. «Die Vulpius» sei «nicht hübsch», schreibt David Veit 1793 an Rahel Levin und setzt ganz unbefangen hinzu: «Ich selbst habe sie nicht gesehen.» Caroline Sartorius berichtet im Oktober 1808 der Verwandtschaft: «Seine Frau, die eben nach Frankfurt gereist war, habe ich nicht kennen gelernt, und auch dieses war einer von den seltenen Glücksfällen, deren wir mehrere auf unserer Reise gehabt haben.» Clara Kestner, Lottes Tochter, vermerkt bei ihrem Besuch in Weimar (da ist Christiane seit mehreren Monaten tot), sie habe von ihr «abscheuliche Dinge» gehört, «gottlob, daß sie tot ist, und doch, sollte man es glauben, ehrt er *(Goethe)* ihr Andenken mit Rührung.»

Wer mit Christiane im täglichen Umgang zu tun hatte, urteilte fast immer anders. Zweifellos mußte die Wertschätzung oder Ablehnung Christianes auch damit zu tun haben, wie es der Besucher und Beobachter mit Goethe selbst hielt, und mit der Vorstellung, welche Frau an seiner Seite dem Dichter am zuträglichsten sein müsse. Damit werden wir uns noch zu beschäftigen haben.

Dieser Essay möchte keine Biographie ersetzen. Die letzte – von Wolfgang Vulpius – erschien 1949 und erlebte mehrere Auflagen; eine verdienstvolle Arbeit, der ich viel zu verdanken habe. Aber mir geht es hier nicht um die Rekonstruktion von Christianes Lebenslauf zwischen 1765 und 1816. Ich habe versucht, mich mittels einer Fülle von Materialien, besonders aber ihren Briefen, Christianes Persönlichkeit zu nähern und zu verstehen, was es wohl gewesen sein könnte, daß Goethe sich gerade diese Frau als weibliche Ergänzung seiner Persönlichkeit gewünscht hat. Es ist die Geschichte einer glücklichen männlich-weiblichen Lebensgemeinschaft. Daß sie glücklich war, ist oft genug bestritten worden, allerdings nie von Goethe selber. «Ich empfehle Ihnen meine Frau», sagte er wenige Jahre vor Christianes Tod zu Elise von der Recke, «mit dem Zeugnisse, daß, seit sie ihren ersten Schritt in mein Haus tat, ich ihr nur Freuden zu danken habe.»

Der Verfasser erlaubt sich den Zusatz, daß es ihm in der langjährigen Beschäftigung mit Christiane nie anders ergangen ist.

*Christiane im Alter von etwa 42 Jahren.
Ölgemälde der Weimarer Künstlerin Caroline
Bardua (1781 – 1864)*

I

Laß dich, o Geliebte, nicht reun, daß du so schnell dich ergeben,
Glaub' es, ich denke nicht frech, denke nicht niedrig von dir.

Die Überlieferung verlegt die erste Begegnung Goethes und Christianes in den Park an der Ilm, und es soll der 12. Juli 1788 gewesen sein, der auf einen Sonnabend fiel. Der Anlaß: Christianes älterer Bruder Christian August, der als Privatsekretär eines Freiherrn in Nürnberg arbeitet, hat der Schwester einen bedrückenden Brief geschrieben: Ihm drohe die Arbeitslosigkeit, denn ein anderer sei bereit, für eine geringere Besoldung seine Tätigkeit zu versehen. Und da ihn schon früher einmal Goethe unterstützt hat, so bittet er nun Christiane, Goethe einen Brief zu überbringen, worin er dem einstigen Gönner seine verzweifelte Lage schildert und ihn um Hilfe bittet. Natürlich hätte Vulpius auch direkt an

Goethe schreiben können, er war ihm ja kein Unbekannter, aber vielleicht wäre dann der Brief unter anderen Vorlagen nicht so recht beachtet worden, jedenfalls schien es wohl Christian August geraten, ganz sicher zu gehen, und den Brief durch seine Schwester übermitteln zu lassen. Dieser Weg erwies sich in der Tat als der richtige, aber welche Folge die Übergabe haben würde, konnte keiner von den dreien auch nur ahnen. Es gibt im Leben eines jeden Menschen Konstellationen, die wir gern als Zufall bezeichnen, und nach unserem Sprachgebrauch ist der Zufall ein beliebig eintretendes Ereignis, das sich jeder Gesetzmäßigkeit entzieht. Nur hat es im Leben Goethes zu oft solche Zufälle gegeben – und das gilt ebenso für die Biographien anderer –, als daß man vom Charakter der Beliebigkeit sprechen dürfte. Nein, Zufall ist das uns vom Schicksal und gemäß unserem Lebensgesetz («das Gesetz, wonach du angetreten», wird es Goethe 1817 nennen) Zufallende, und wie Goethe darüber dachte, hat er unmißverständlich Riemer gegenüber ausgesprochen:

«Was die Menschen bei ihren Unternehmungen nicht in Anschlag bringen und nicht bringen können, und was da, wo ihre Größe am herrlichsten erscheinen sollte, am auffallendsten waltet – der Zufall nachher von ihnen genannt – das ist eben Gott, der hier unmittelbar mit seiner Allmacht eintritt und sich durch das Geringfügigste verherrlicht.»

Mit dem Brief des Bruders in der Hand macht sich Christiane am 12. Juli 1788 auf den Weg von der Luthergasse, wo in einem ärmlichen Häuschen die Familie Vulpius wohnt, zum Park an der Ilm, und vielleicht wählt sie den Weg vorbei am Hause der Frau von Stein an der Ackerwand. Vielleicht wünscht der Bruder darum auch die persönliche Übergabe des Briefes, damit Christiane etwaige Fragen Goethes nach den Familienumständen gleich beantworten kann. Sie wird also Goethe nicht irgendwo im Park begegnet sein, sondern ihn sofort in seinem Gartenhaus aufgesucht haben, das er bewohnte, ehe er das Haus am Frauenplan bezog.

Die Familienumstände dürften Goethe einigermaßen bekannt gewesen sein. Der Vater der Geschwister, Amtsarchivar Johann Friedrich Vulpius, ein Mann in dürftigen Lebensumständen, hatte sich eine finanzielle Unregelmäßigkeit zuschulden kommen lassen; der Fall war 1782 im Geheimen Konsilium, dem Goethe angehörte, verhandelt worden. Der Amtsarchivar verlor seine Stelle, bezog nur noch ein «Gnadengehalt» und wurde dem Wegebau zugeteilt, der Goethe damals unterstand. Zwei Gnadengesuche hatte auch Christiane in jener Zeit dem Geheimen Konsilium eingereicht: In dem einen bat sie um Gnade für ihren Vater, in dem zweiten um ein Gnadengehalt für ihre (Stief-) Mutter und die große Geschwisterschar. Wer die Familie Vulpius war und wie es um sie stand, konnte also Goethe nicht unbekannt geblieben sein.

Die Briefbotin zählte nun 23 Jahre und wird von ihrer ehemaligen Nachbarin Caroline Jagemann so charakterisiert: «In meiner Kindheit wohnte sie neben uns und war ein sehr hübsches, freundliches, fleißiges Mädchen; aus ihrem apfelrunden, frischen Gesicht blickten ein paar brennend schwarze Augen, ihr etwas aufgeworfener kirschroter Mund zeigte, da sie gern lachte, eine Reihe schöner weißer Zähne, und dunkelbraune volle Locken fielen ihr um Stirn und Nacken.» Fügen wir hinzu, daß sie von kleiner und etwas pummeliger Gestalt war.

Was nun an diesem 12. Juli geschah, wissen wir nicht. Christianes Biograph Wolfgang Vulpius hat es mit gehörigem Pathos so formuliert: «Wohlgefallen und Begier der Sinne flammten rasch in ihm auf, als er mit der dreiundzwanzigjährigen Christiane plauderte, und ihre Widerstandskraft erlag schnell dem schönen und hochgestellten Manne, dem Zauberer mit seinen Götterblicken.» Es spricht alles dafür, daß Christiane in der Nacht zum Sonntag, dem 13. Juli, Goethes Geliebte wurde. Der 12. Juli ist zeitlebens von beiden als der Tag ihres Bündnisses gefeiert worden, und wenn Goethe in einem Brief an Schiller auch einmal den 13. Juli nennt, so ist das auch kein Widerspruch. Und das hier vorangestellte

Motto bestätigt nur unseren Eindruck. Nein, *Liebe* auf den ersten Blick war es nicht, es war ein beiderseitiges sinnlich-erotisches Begehren, aber es entwickelte sich daraus eine tiefe Liebe.

II

Die ihr Felsen und Bäume bewohnt, o heilsame
Nymphen,
Gebet jeglichem gern, was er im Stillen begehrt!
Schaffet dem Traurigen Trost, dem Zweifelhaften
Belehrung,
Und dem Liebenden gönnt, daß ihm begegne sein
Glück.
Denn euch gaben die Götter, was sie den Menschen
versagten,
Jeglichem, der euch vertraut, hilfreich und tröstlich zu
sein.

GOETHE WAR AM 18. Juni 1788 abends um zehn Uhr in Weimar eingetroffen. Anderthalb Jahre Italien lagen hinter ihm, er kam «gestärkt und befestigt in seinem ganzen Wesen», wie Caroline von Herder damals bemerkte. «Er ist magerer geworden und war zudem sehr von der Sonne gebrannt», schrieb der Landkammerrat Johann Rudolf Ridel, «ich kannt' ihn also nicht einmal gleich!»

Das ging auch anderen so, freilich betraf das Fremdsein nicht so sehr die Körperlichkeit als vielmehr das Geistige. Denn Goethe kam als ein Fremder nach Weimar zurück und fühlte sich entsprechend. Er war am 3. September 1786 von Karlsbad aus zu seiner Reise nach Italien aufgebrochen, als ihm nur noch diese Flucht als Rettung aus einer schweren Lebenskrise geblieben war, denn als eine Flucht muß man den überhasteten Aufbruch aus Karlsbad verstehen. Außer dem nicht genau informierten Herzog wußte niemand, in welche Himmelsrichtung Goethe sich gewendet hatte, und besonders Charlotte von Stein, die langjährige Vertraute, zeigte sich gekränkt, als die erste Nachricht aus Italien eintraf, denn natürlich zählte auch sie nicht zu den Eingeweihten, und das verschmerzte sie nicht.

Den jungen Günstling des jungen Herzogs, der da am 7. November 1775 in Weimar eingetroffen war, hatte die Hofgesellschaft anfangs als eine Art Alleinunterhalter angesehen, einen lustigen Gesellen, dessen Charme und Einfallsreichtum sehr beifällig aufgenommen wurden. Aber dieses Bild veränderte sich rasch, denn der verwöhnte Frankfurter Bürgerssohn nahm seine Aufgabe, Berater des Herzogs zu sein, sehr ernst. Er vertiefte sich in die ihm ganz unvertraute Materie der Landesverwaltung, er arbeitete sich in Akten ein, und da ihm dies unzureichend erschien, um die das Land und seine Wirtschaft belastenden Probleme wirklich kennenzulernen, setzte er sich aufs Pferd und inspizierte überall persönlich vor Ort. So unternahm er ganz allein und mitten im schneereichen Winter einen Ausflug in den Harz, weil er die Nöte des darniederliegenden Bergbaus und der Bergleute kennenlernen wollte, und stieg auch selber an aneinandergebundenen Steigleitern Hunderte von Metern in die Tiefe der Schächte hinab, was einen gehörigen Mut verlangte, denn dergleichen galt als gefährlich. Poetische Frucht dieser Inspektion: das Gedicht *Harzreise im Winter.*

Aber solche poetischen Früchte wollten immer weniger gedeihen. Denn wenn er auch literarisch produktiv war, so blieb sein Schaffen zwischen 1775 und 1786 doch verhältnismäßig gering in seiner Quantität, und manches erhielt seine eigentliche künstlerische Reife erst in Italien. Der dichterische Schwung, die schöpfende und schaffende Energie und der anfangs noch so frohe Elan drohten nachzulassen, und

Goethe muß sich vor die Wahl gestellt gefühlt haben: Entweder wird ein ganz neuer Anfang die endgültige Entwicklung zum Künstler reifen und sich vollenden lassen, oder aber sein Dasein müßte verkümmern zur künftigen Bestimmung eines höheren Verwaltungsbeamten mit poetischen Ambitionen in den Stunden der Muße. Hinzu kam die ihn mehr und mehr beschwerende Beziehung zur Seelenfreundin Charlotte von Stein, die ihre Bedeutung verlor, was beide instinktiv spürten, aber sich nicht einzugestehen wagten. So wurde ein Seelenbündnis aufrechterhalten, das seine fruchtbare Wirkung längst eingebüßt hatte und aus dem Goethe sich befreien mußte. Davon später.

Es gehört zum Bewundernswerten in Goethes reichveranlagter Natur, daß er stets eine sich abzeichnende Lebenskrise frühzeitig zu erkennen vermochte und sie durch eine entschlossene Kehrtwendung für die eigene Entwicklung fruchtbar machte. Anders gesagt: Goethe verfügte über die Möglichkeiten und Mittel der Selbsttherapie. Der Vater, der selber Italien bereist hatte, wollte den Sohn schon bald in die südlichen Gefilde schicken, aber Goethe hatte sich damals noch nicht reif genug gefühlt. Instinktiv spürte er, daß es für Italien noch zu früh sein würde. Und als er dann auf seiner ersten Schweizer Reise 1775 von der Höhe des Gotthards Italien sah, regte sich für einen Augenblick die Versuchung, die Reise dorthin fortzusetzen, aber er kehrte um.

Nun aber, 1786 in Karlsbad, stand ihm das Ziel ganz klar vor Augen: Italien. Obwohl er mehrere Zwischenstationen in Oberitalien einlegte, fand er doch keine Ruhe, denn es trieb ihn nach Rom als dem eigentlichen Ziel. Lesen wir Goethes Briefe aus Italien, so bleibt das Empfinden starker Glückseligkeit und heiterer Gelöstheit am nachhaltigsten im Gedächtnis. «Was mich am tiefsten freut ist die Wirkung, die ich schon in meiner Seele fühle: es ist eine innre Solidität, mit der der Geist gleichsam gestempelt wird; Ernst ohne Trockenheit und ein gesetztes Wesen mit Freude. Ich denke die gesegneten Folgen auf mein ganzes Leben zu fühlen» (10. 11. 1786);

«Täglich werf ich eine neue Schale ab und hoffe als ein Mensch wiederzukehren» (6. 1. 1787); «diese meine zweite Jugend» (19. 2. 1787); «Ich finde hier die Erfüllung aller meiner Wünsche und Träume, wie soll ich den Ort verlassen, der für mich allein auf der ganzen Erde zum Paradies werden kann. Mit jedem Tage scheint die Gesundheit des Leibes und der Seele zu wachsen, und ich habe bald nichts als die Dauer meines Zustandes zu wünschen» (14. 7. 1787). Und wie eine Summe dieses Aufenthalts und seiner in ihren Auswirkungen unermeßlichen und wohltätigen Folgen erscheinen uns jene Sätze, die er am 17. März 1788, die bevorstehende Rückkehr nach Deutschland im Blick, an den Herzog schrieb, der ihm so verständnisvoll wie großzügig das Leben und Wirken in Italien ermöglicht hatte: «Ich darf wohl sagen: ich habe mich in dieser anderthalbjährigen Einsamkeit selbst wiedergefunden; aber als was? – Als Künstler!»

Die Italienreise Goethes darf nicht verwechselt werden mit jenen Reisen, wie sie begüterte Touristen (einen Massentourismus wie heute gab es noch nicht) oder Söhne aus großem Hause auf Bildungsreise unternahmen. Das Therapeutikum Italien, das sich der Siebenunddreißigjährige verordnet hatte, umfaßte sehr vieles: Kunst und Natur der mediterranen, von der griechischen und römischen Kultur geprägten Welt, das Aquarellieren (Goethe gab sich anfangs noch unter falschem Namen als Maler aus) und Dichten, die naturwissenschaftlichen Beobachtungen, das Studium der Menschen und ihrer Sitten, das milde Klima und das beseligende Licht. Aber dies aufzuzählen, heißt nur Einzelheiten aneinanderzureihen; es war die Totalität, die er sah und erfühlte, es war das Erfahren der sinnlichen Welt. Und sinnlich meint: Die vielfältigen Erscheinungen der Welt ließen sich riechen, schmecken, ertasten, einsaugen und einatmen, aufnehmen mit und durch alle Poren der Haut. Gewiß hatte Goethe, ehe er Italiens Boden betrat und unter seinem Himmel aufblühte, manches gesehen und erlebt; aber mir will scheinen, als sei die Welt von ihm nur partiell aufgenommen worden, nicht aber in ihrer unzerlegbaren Ganzheit. Nicht daß sie nur im Kopf erlebt worden wäre, aber Kopf und Sinne hatten es nicht immer leicht gehabt, in Harmonie miteinander zu leben. Erst das Italien-Erlebnis hat Goethe befähigt, mit den Sinnen zu denken, Geist und Körperlichkeit als eine untrennbar ineinanderverschmolzene Einheit zu begreifen.

Schiller, viele Jahre Goethes Antipode und ihm zunächst fast feindselig gesonnen, hat das aus seinem Anderssein heraus sofort verstanden, wie aus einem Brief 1790 hervorgeht: «Seine Philosophie mag ich auch nicht ganz: sie holt zuviel aus der Sinnenwelt, wo ich aus der Seele hole. Überhaupt ist seine Vorstellungsart zu sinnlich und *betastet* mir zuviel. Aber sein Geist wirkt und forscht nach allen Direktionen und strebt, sich ein Ganzes zu erbauen – und das macht mir ihn zum großen Mann.»

Jenes Gespräch im Juli 1794 beim Hinausgehen aus einer Sitzung der *Naturforschenden Gesellschaft* in Jena, umriß beider Positionen exakt und wurde der Beginn einer Freundschaft dieser Männer, die sich nicht länger als Antipoden verstanden; musikalisch gesprochen bildete von nun an der eine den Kontrapunkt des anderen. Goethe hat dieses Gespräch so wiedergegeben:

«Wir gelangten zu seinem Haus, das Gespräch lockte mich hinein; da trug ich die Metamorphose der Pflanzen lebhaft vor, und ließ, mit manchen charakteristischen Federstrichen, eine symbolische Pflanze vor seinen Augen entstehen. Er vernahm und schaute das alles mit großer Teilnahme, mit entschiedener Fassungskraft; als ich aber geendet, schüttelte er den Kopf und sagte: ‹Das ist keine Erfahrung, das ist eine Idee.› Ich stutzte, verdrießlich einigermaßen; denn der Punkt, der uns trennte, war dadurch aufs strengste bezeichnet. Die Behauptung aus *Anmut und Würde* fiel mir wieder ein, der alte Groll wollte sich regen, ich nahm mich aber zusammen und versetzte: ‹Das kann mir sehr lieb sein, daß ich Ideen habe, ohne es zu wissen, und sie sogar mit Augen sehe.›»

Beide hatten recht, auf ihre Weise. Schiller konnte gar

nicht anders reagieren, denn die von Goethe entwickelte Urpflanze ist eine gedankliche Vorstellung, keine Realität im Erdreich. Aber Goethe sah darin keinen Widerspruch; er hatte, angeregt von Beobachtungen im Botanischen Garten zu Padua, die er dann in Palermo erweiterte, die Gewißheit erlangt: Alle Pflanzen entwickeln sich aus einer allen gemeinsam zugrundeliegenden Bauform, eben der «Urpflanze». In wenigen Jahren würde er erkennen, daß das Gesetz dieser Urform ebenso auf Mensch und Tier anwendbar ist. Schon aus Rom hatte er am 8. Juni 1787 überglücklich an Charlotte von Stein geschrieben: «Sage Herdern, daß ich dem Geheimnis der Pflanzenzeugung und Organisation ganz nah bin und daß es das einfachste ist, was nur gedacht werden kann. Unter diesem Himmel kann man die schönsten Beobachtungen machen. Sage ihm, daß ich den Hauptpunkt, wo der Keim steckt, ganz klar und zweifellos entdeckt habe, daß ich alles übrige auch schon im ganzen übersehe und nur noch einige Punkte bestimmter werden müssen. Die Urpflanze wird das wunderlichste Geschöpf von der Welt, über welches mich die Natur selbst beneiden soll. Mit diesem Modell und dem Schlüssel dazu, kann man alsdann noch Pflanzen ins Unendliche erfinden, die konsequent sein müssen, das heißt: die, wenn sie auch nicht existieren, doch existieren könnten und nicht etwa malerische oder dichterische Schatten und Scheine sind, sondern eine innerliche Wahrheit und Notwendigkeit.»

Goethe hat die Urpflanze, die aus Schillers Sicht nur eine Idee sein konnte, in Italien geradezu leiblich-sinnlich erfahren. Eben diese Sicht der Dinge, das Vermögen, so zu sehen, die Fähigkeit, den gedanklichen Prozeß ins Sinnlich-Bildhafte zu verwandeln *(et vice versa)* ist die wohl wichtigste Frucht seines 22 Monate währenden Aufenthalts in Italien. Als ihn nun der Herzog zurückrief, war der Abschied zwar schmerzhaft und nicht ohne Tränen, aber Goethe wußte auch, daß weitere Monate nichts Neues mehr für ihn bringen konnten: Der erwartete Reifeprozeß hatte sich vollendet.

Als ein von Grund auf Gewandelter kam er nach Weimar zurück, und es überrascht uns nicht, ihn als Fremdling vorzufinden, den es Mühe kostete, sich in die doppelt kalte Heimat wieder einzugewöhnen. Schon im April, als Goethes Kutsche von Rom nach Weimar rollte, wußte Karl Ludwig von Knebel, Goethes «Urfreund», was geschehen würde: «Ich fürchte, daß er sich so bald nicht wieder an deutsche Luft gewöhnen möchte. Freilich ist's ja in Deutschland überall schlecht, und die Luft wäre noch am ersten zu ertragen. Aber unser elendes Reichssystem, Vorurteile aller Art, Dumpfheit, Plumpheit, Ungefühl, Unart, Ungeschmack und Unsinn, Stolz und Armut, das sind Dinge, die noch schlimmer sind als die schlimmste Luft.»

Viel anders hätte es auch Goethe nicht formulieren können. In der Tat: Vorurteile aller Art. Als Knebel diese hellsichtigen Sätze schrieb, trennten noch ziemlich genau drei Monate Goethe von Christiane, und angesichts ihrer Liebe und den daraus erwachsenden Schwierigkeiten, erscheint uns Knebels Vorhersage als recht ahnungsvoll. Fast drei Jahrzehnte später, Christiane lebte nicht mehr, schrieb Goethe in einem Text über die Entstehung der *Metamorphose der Pflanze:*

«Aus Italien, dem formreichen, war ich in das gestaltlose Deutschland zurückgewiesen, heiteren Himmel mit einem düsteren zu vertauschen; die Freunde, statt mich zu trösten und wieder an sich zu ziehen, brachten mich zur Verzweifelung. Mein Entzücken über entfernteste, kaum bekannte Gegenstände, mein Leiden, meine Klagen über das Verlorne schien sie zu beleidigen, ich vermißte jede Teilnahme, niemand verstand meine Sprache. In diesen peinlichen Zustand wußt' ich mich nicht zu finden, die Entbehrung war zu groß, an welche sich der äußere Sinn gewöhnen sollte, der Geist erwachte sonach und suchte sich schadlos zu halten.»

III

Wenn du mir sagst, du habest als Kind, Geliebte, den Menschen
Nicht gefallen und dich habe die Mutter verschmäht,
Bis du größer geworden und dich entwickelt, ich glaub' es
Gerne denk ich in dir mir ein besonderes Kind.

Warum goethe am 6. August Christianes Geburtstag zu feiern pflegte und warum Christian August, der Bruder, den 6. Juni nannte, bleibt wohl ein Rätsel. Denn tatsächlich ist sie am Abend des 1. Juni 1765 um halb neun Uhr in Weimar zur Welt gekommen, im Elternhaus in der Luthergasse. Am 3. Juni wurde sie in der Hofkirche St. Jacob vom Hofdiakon Gottschalg auf die Namen Johanna Christiana Sophia getauft. Die *Weimarischen Wöchentlichen Frag- und Anzeigen* meldeten unter dem 5. Juni: «Am 3ten dieses Monaths hat der Herr Amts-Copist Vulpius, sein Töchterlein, Johanna Christiana Sophia, in Fürstl. Hofkirche taufen lassen.»

Die Vorfahren väterlicherseits waren Pastoren, nachweisbar bis zu dem 1611 gestorbenen Johann Heinrich Vulpius, Pastor in Wickerstedt bei Apolda. Erst Christianes Großvater, der 1752 in Weimar verstorbene Johann Friedrich Vulpius, verließ die geistliche Tradition der Familie und wirkte als Hofadvokat. Die Rechtswissenschaften studierte auch sein gleichnamiger Sohn in Jena, brachte es aber nur bis zum «juris utriusque candidatus». Warum er keinen akademischen Grad erwarb oder ob er vielleicht aus Geldmangel sich genötigt sah, sein Studium vorzeitig zu beenden, wissen wir nicht. Ein Verwandter, aber kein Vorfahr, ist der Weimarer Stadtkantor und Komponist Melchior Vulpius (1560–1615) gewesen.

Mütterlicherseits ist die Reihe der Altvorderen nicht genau überliefert. Die Mutter, Christiane Margarete Riehl, entstammte einer alten Handwerkerfamilie. Die Herkunft der Großmutter mütterlicherseits – Elisabeth Magdalene Kühn – ist unklar; die Großmutter väterlicherseits – Sophia Dorothea Hecker – stammte aus einer Pastorenfamilie. Verglichen mit den Vorfahren Goethes, Bauern und Handwerkern, zeigt sich also, wie Biograph Wolfgang Vulpius nicht ohne Genugtuung vermerkt, «daß Christiane, die Ungebildete, Unliterarische, von Männern abstammte, die 200 Jahre lang dem Gelehrtenstande angehört haben». Da aber weder Goethe noch Christiane dieser Umstand etwas bedeutete, soll das Thema hier nicht weiter ausgelotet werden.

Johann Friedrich Vulpius, der Vater, begann 1746 sein Studium in Jena und versuchte von 1750 an, als Kandidat eine Anstellung zu finden, zumal seine Eltern ihr Vermögen eingebüßt hatten und die Mutter nach dem Tod des Vaters 1752 selber Not leiden mußte, da es damals noch keine Altersversorgung gab. (Im Zusammenhang mit der rechtlich ungesicherten Stellung Christianes als Geliebte Goethes werde ich auf dieses bedrückende finanzielle Problem später noch zu sprechen kommen.) Nach mancherlei Gelegenheitstätigkeiten fand Vulpius endlich 1759 eine Anstellung in Weimar, wurde 1760 Amtskopist und 1766 Amtsarchivar mit einem Jahresgehalt von ganzen 75 Reichstalern, das waren nur 20 Taler mehr als damals ein Tagelöhner verdiente. Er heiratete 1760 die Tochter eines «Strumpfmanufakturverlegers», die ein bescheidenes Vermögen mit in diese Ehe einbrachte, aus der sechs Kinder hervorgingen, darunter Christian August und Christiane, und als seine Frau starb, heiratete Vulpius noch einmal und zeugte mit der zweiten Frau noch vier weitere Kinder. Von diesen zehn überlebten den Vater, der 1786 starb, nur drei: Christian August, Christiane und deren Halbschwester Ernestine.

Bei allen Geldnöten, die den Vater, wie berichtet, zu einer Unterschlagung verleiteten, besaß Johann Friedrich Vulpius noch den Ehrgeiz, seinem ältesten Sohn eine gute Ausbildung zu geben. Er finanzierte ihm den Besuch des Gymnasiums und ein Studium der Rechtswissenschaften und Geschichte in Jena und Erlangen, das Christian August dann doch wegen Geldmangels abbrechen mußte. Und da ihm das Schreiben leicht von der Hand ging, fertigte er fleißig Romane und Theaterstücke, mit deren Honoraren er die Familie unterstützte. Schließlich arbeitete er als Privatsekretär in Nürnberg, wo er in die geschilderte Notlage geriet.

Auch Christiane mußte Geld für die Familie verdienen. Friedrich Justin Bertuch, ein überaus vielseitiges Talent, denn er war Schatzmeister des Herzogs, Jurist, Buchhändler, Schriftsteller, Übersetzer und Herausgeber des recht angesehenen *Journal des Luxus und der Moden*, hatte eine Manufaktur zur Herstellung künstlicher Blumen gegründet, die er 1782 Goethes «Urfreund» Knebel mit den Worten charakterisierte: «Es ist eine Entreprise meiner Frau, die nach und nach dem größten Teile unserer leider unbeschäftigten Mädchen der mittleren Klasse sehr heilsam wird. Ihre Arbeiten haben sich, seitdem Sie nichts davon gesehen, unendlich verbessert, und ich hoffe, sie sollen endlich den besten Pariser Arbeiten von dieser Art zur Seite stehen. – Vor jetzt arbeiten nur wegen Mangel des Raums erst 10 Mädchen vier Tage in der Woche in meinem Hause; sobald aber meine Mansarde im Sommerhause, welches ich jetzt ausbaue, fertig ist, hoffentlich zu Johannistag, so ist der Zuschnitt auf 50 gemacht. Sie werden sich freuen, Lieber, wenn Sie wieder einmal einen Flug zu uns tun und diesen tätigen Ameisenhaufen sehen.»

Ein Besucher Weimars sah dort ein Jahr später «zwanzig mannbare Staatsjungfern, worunter mehrere würklich von Stand» an künstlichen Blumen werkeln, und seine Formulierung «von Stand» beweist, daß auch Damen des Adels sich hier ein kleines Nadelgeld verdienten, anders als Christiane, die auf Bertuchs Lohn dringend angewiesen war und dankbar sein mußte, überhaupt in diesem «tätigen Ameisenhaufen» wirken zu dürfen. Wie lange sie bei Bertuch gearbeitet hat und wieviel sie dabei verdiente, ist nicht bekannt.

IV

Eine Liebe hatt' ich, sie war mir lieber als alles,
Aber ich hab' sie nicht mehr! schweig, und ertrag den Verlust.

Im April 1776 schrieb Goethe an Wieland: «Ich kann mir die Bedeutsamkeit, die Macht, die diese Frau über mich hat, anders nicht erklären als durch die Seelenwanderung. – Ja, wir waren einst Mann und Weib! – Nun wissen wir von uns – verhüllt, in Geisterduft. – Ich habe keine Namen für uns – die Vergangenheit – die Zukunft – das All.» Und ähnlich emphatisch drückt er es auch gleichzeitig in einem Gedicht aus, in dem es heißt:

Sag', was will das Schicksal uns bereiten?
Sag', wie band es uns so rein genau?
Ach, du warst in abgelebten Zeiten
Meine Schwester oder meine Frau.

Kanntest jeden Zug in meinem Wesen,
Spähtest, wie die reinste Nerve klingt,
Konntest mich mit *einem* Blicke lesen,
Den so schwer ein sterblich Aug' durchdringt.
Tropftest Mäßigung dem heißen Blute,
Richtetest den wilden irren Lauf,
Und in deinen Engelsarmen ruhte
Die zerstörte Brust sich wieder auf;
Hieltest zauberleicht ihn angebunden
Und vergaukeltest ihm manchen Tag.
Welche Seligkeit glich jenen Wonnestunden,
Da er dankbar dir zu Füßen lag,
Fühlt' sein Herz an deinem Herzen schwellen,
Fühlte sich in deinem Auge gut,
Alle seine Sinnen sich erhellen
Und beruhigen sein brausend Blut.

Wer war die Angebetete aus früheren Erdentagen?

Die Verbindung von Goethe und Charlotte von Stein gehört zu den rätselhaftesten in unserer Literaturgeschichte, und dieser Charakter wird ihr vermutlich auch bleiben. Schon die Bezeichnung «Verbindung» ist unzutreffend, aber Wörter wie «Freundschaft» und «Liebe» nicht minder, und «Beziehung» oder «Verhältnis» erweisen sich gleichfalls als unangemessen.

Charlotte von Stein war sieben Jahre älter als Goethe, verheiratet seit 1764 mit dem Freiherrn Gottlob Ernst Josias Friedrich von Stein, seinerseits um sieben Jahre älter als seine Ehefrau, Stallmeister des Herzogs. Sieben Kinder hatte Charlotte in dieser Ehe zur Welt gebracht, vier Mädchen und drei Jungen, von denen die Mädchen sehr früh starben und nur die Jungen überlebten. Von Harmonie, gar Glück konnte in der Steinschen Ehe nicht die Rede sein; Charlotte erduldete die ihr auferlegten Schwangerschaften wie hunderttausende anderer Frauen auch, sie wurde frigide und scheint sich von

1774 an ihrem Ehemann konsequent verweigert zu haben. Es verlange sie «nach Vollkommenheit» in der Liebe, schrieb sie, und: «Eine dauernde Liebe kann nur nach meinem Begriff durch das wechselseitige Bestreben, um des Anderen willen immer *besser* zu werden, sich erhalten.»

Und hier lag das eigentliche Problem. Goethe hatte schon in seiner Straßburger Studentenzeit von Frau von Stein erfahren und ihre Silhouette gesehen; und auch sie wußte frühzeitig von ihm. In der Eintönigkeit des Weimarer Hoflebens muß der junge Goethe 1775 wie eine funkelnde Sternschnuppe erschienen sein, und Charlotte von Stein, eine fast verbitterte, unzufriedene und kränkelnde Frau von erst 33 Jahren, lebte auf.

Ein junger Mann, 26 Jahre alt, kommt ganz allein in eine ihm völlig fremde Umgebung. Hier begegnet er einer etwas älteren Frau, die sich wie er nach einem Gesprächspartner sehnt, einem Menschen, mit dem sich gebildet kommunizieren läßt. Was für den jungen Mann ganz natürlich ist: Er verliebt sich in sie, und er wird ihr über 1800 Briefe schreiben. Charlotte von Stein, verheiratet und durch und durch prüde, bleibt von seinem Werben nicht unberührt, ja sie scheint sich in ihrem Ideal von einer ganz körperlosen Liebe verstanden, was denn von Anfang an klare Schranken setzt: Es wird niemals eine erotische Beziehung zwischen den beiden geben, keinen Kuß, keine Umarmung, kein Streicheln, und mehr natürlich erst recht nicht.

Goethes wiederholte Versuche, sie in den Briefen mit «Du» anzureden, verweist sie ihm schon im März 1776 unmißverständlich, wobei «Du» und «Sie» in Goethes leidenschaftlichen Briefen ohnehin durcheinander gehen. Erst fünf Jahre später setzt sich dann das «Du» durch, wobei aber beide streng darauf achten, sich niemals in der Öffentlichkeit zu duzen. Und die wiederum hält – so Schiller – ihren «Umgang» für «ganz rein und untadelhaft»; Gerüchte, Verdächtigungen sind nie laut geworden, was sich schon daran zeigt, daß Charlottes Ehemann ohne Argwohn blieb, Goethe in seiner Gegenwart an seine Frau schrieb oder Briefe an Charlotte seinen Briefen beifügte.

Der Ton in Goethes Korrespondenz wurde schwärmend und exaltiert. «Meine Seele ist fest an die Deine angewachsen», lesen wir unter dem 12. März 1781, «ich mag keine Worte machen, Du weißt, daß ich von Dir unzertrennlich bin und daß weder Hohes noch Tiefes mich zu scheiden vermag. Ich wollte, daß es irgendein Gelübde oder Sakrament gäbe, das mich Dir auch sichtlich und gesetzlich zueigen machte, wie wert sollte es mir sein. Und mein Noviziat war doch lang genug, um sich zu bedenken. Adieu. Ich kann nicht mehr *Sie* schreiben, wie ich eine ganze Zeit nicht *Du* sagen konnte. (...) Die Juden haben Schnüre, mit denen sie die Arme beim Gebet umwickeln, so wickle ich Dein holdes Band um den Arm, wenn ich an Dich mein Gebet richte und Deiner Güte, Weisheit, Mäßigkeit und Geduld teilhaft zu werden wünsche. Ich bitte Dich fußfällig, vollende Dein Werk, mache mich recht gut! Du kannst's, nicht nur, wenn Du mich liebst, sondern Deine Gewalt wird unendlich vermehrt, wenn Du glaubst, daß ich Dich liebe.»

Über zehn Jahre währte diese Bindung, die niemand richtig zu benennen weiß, auch wenn sie von beiden Partnern als Liebe verstanden wird. Aber ist es denn Liebe, wenn ein vitaler Mann in seinen Dreißigern bereit ist, seinen Körper und dessen Wünsche restlos zu vergessen, einzig um der «Vollkommenheit» willen, wie Charlotte von Stein ihr körperloses Liebesideal bezeichnet? (Auf Goethes Sexualität komme ich in einem späteren Abschnitt zurück.)

Die Flucht am 3. September 1786 («früh um 3 Uhr») aus Karlsbad nach Italien bedeutete für Goethe und Charlotte von Stein eine tiefe Zäsur: Es bedeutete ja nicht nur den Abschied von der die künstlerische Produktivität lähmenden Verwaltungsarbeit, es bedeutete nicht minder den Abschied von Charlotte von Stein (die ahnungslos am 14. August nach Weimar zurückgefahren war), denn dieses unnatürliche Verhältnis, das sich Liebe nannte ohne Liebe zu sein, hatte sich in jeder Weise verbraucht und hätte, bei einem Fortbestehen, Goethes weitere Entwicklung gelähmt. Hierüber wäre auch eine Aussprache zwischen den beiden ganz sinnlos gewesen, denn Frau von Stein hätte ihn nicht verstanden, es hätte sie wohl auch in ihren abstrakten Vorstellungen von «vollkommener» Liebe überfordert.

Noch aus Italien gingen wieder und wieder Liebesbeteuerungen an Charlotte von Stein, ganz so, als wäre nichts geschehen, ganz so, als würde dieses immer unnatürlicher werdende Verhältnis nach der Rückkehr so fortgesetzt werden, wie es einmal bestanden hatte, aber Frau von Stein war denn doch zu sensibel, um auf die Dauer getäuscht werden zu können; schon der Empfang, den sie ihm dann im Juni 1788 in Weimar bereitete, war erkältend genug.

Als Goethe ihr 1787 das Manuskript des in Italien vollendeten *Egmont* schickte, reagierte sie ungehalten. Da ihr Brief nicht erhalten ist, müssen wir auf Goethes Antwort zurückgreifen: «Was Du von Klärchen sagst, verstehe ich nicht ganz. Ich sehe wohl, daß Dir eine Nuance zwischen der Dirne und der Göttin zu fehlen scheint.» Aus Charlottes Sicht konnte das wohl auch anders gar nicht sein; ein Klärchen mußte ihr als Dirne, ihre eigene Position als Göttin erscheinen, und dazwischen existierte nichts, wie auch, wenn sie körperliche Liebe offenbar als etwas Hurenhaftes empfand und sich in ihren eigenen Mutterschaften vom Ehemann gedemütigt fühlen mußte.

Und nun war der Freund also seit dem 18. Juni wieder in Weimar und wurde eiskalt empfangen. Ja, sie hatte sich sogar noch einen besonderen Affront einfallen lassen, und der bestand aus ihrem Hündchen namens «Lulluchen», wohlwissend, daß Goethe Hunde auf den Tod nicht ausstehen konnte. Und während er ihr von Italien erzählte, demonstrierte Charlotte ihr Desinteresse, indem sie sich vorzugsweise mit Lulluchen abgab. Goethe hat diese gezielte Demütigung später in einem Prosastück so verarbeitet:

«Auch ich liebte, auch ich verreiste. Auch ich ließ eine

Freundin zurück. (...) Endlich kehrte ich zurück. Die vielen Gegenstände, die ich gesehen hatte, lebten immer fort vor meiner Einbildungskraft; ich mochte gern, wie Rückkehrende pflegen, erzählen; ich hoffte auf die besondere Teilnahme meiner Freundin. Vor allen anderen Menschen wollte ich ihr meine Erfahrungen und Vergnügungen mitteilen.

Aber ich fand sie sehr lebhaft mit einem Hunde beschäftigt. Tat sie es aus Geist des Widerspruchs, der manchmal das schöne Geschlecht beseelt, oder war es ein unglücklicher Zufall? Genug, die liebenswürdigen Eigenschaften des Tiers, die artige Unterhaltung mit demselben, der Zeitvertreib, kurz, was alles dazu gehören mag, waren das einzige Gespräch, womit sie einen Menschen unterhielt, der seit Jahr und Tag eine weit und breite Welt in sich aufgenommen hatte.

Ich stockte, ich verstummte; ich erzählte so manches andere, was ich abwesend ihr immer gewidmet hatte.

Ich fühlte ein Mißbehagen, ich entfernte mich, ich hatte Unruhe und ward noch unbehaglicher. Genug von der Zeit an ward unser Verhältnis immer kälter, und wenn es sich zuletzt gar zerschlug, so muß ich, wenigstens in meinem Herzen, die erste Schuld jenem Hunde beimessen.»

Der Hundehasser vergaß so etwas nicht, tatsächlich aber, und das wußte Goethe sehr wohl, durfte der Hund als Vorwand gelten; die alte innige Gemeinsamkeit war dahin, beide spürten es nur zu genau, doch hätte man sich das Ende dieser Liebe würdiger gewünscht.

Welche Rolle Christiane in Goethes Leben spielte, erfuhr Charlotte von Stein erst im März 1789, und das auch noch sehr marginal. Fritz von Stein, ihr Sohn, den Goethe wie einen Pflegesohn aufgezogen und erzogen hatte, war bei einem Besuch des Gartenhauses der ihm unbekannten Christiane begegnet, die sich hier ganz wie zu Hause zu fühlen schien. Man wird ein paar Worte gewechselt haben, die Situation dürfte für Fritz von Stein unschwer erklärbar gewesen sein, und so mag er denn auch entsprechend seiner

Mutter berichtet haben. Caroline Herder berichtete unter dem 8. März 1789 ihrem Mann:

«Ich habe nun das Geheimnis von der Stein selbst, warum sie mit Goethe nicht mehr recht gut sein will. Er hat die junge Vulpius zu seinem Clärchen, und läßt sie oft zu sich kommen etc. Sie verdenkt ihm dies sehr.»

Für Charlotte von Stein – die ganz zweifellos noch Goethes Sätze im Gedächtnis bewahrte «Ich wollte, daß es irgendein Gelübde oder Sakrament gäbe, das mich Dir auch sichtlich und gesetzlich zu eigen machte ...» – mußte die Entdeckung von Goethes Beziehung zu Christiane wie Verrat erschienen sein. Er selber sah es nicht so, konnte es auch nicht so sehen, da sich sein ganzes Denken in Italien völlig verändert hatte. Für Goethe war die Freundschaft, die vergeistigte Liebe zu Charlotte das eine, das erotische Verhältnis mit Christiane aber etwas sehr verschiedenes, weswegen er es auch für richtig erachtet hatte, der langjährigen Vertrauten nichts davon zu sagen. Es dann vom eigenen Sohn hinterbracht zu bekommen, mußte sie als doppelt bitter empfinden. Goethes Antwort auf die Vorwürfe der einst geliebten, ja wahrhaft angebeteten Frau ließ Aufrichtigkeit vermissen:

«Was ich in Italien verlassen habe, mag ich nicht wiederholen, Du hast mein Vertrauen darüber unfreundlich genug aufgenommen. Leider warst Du, als ich ankam, in einer sonderbaren Stimmung, und ich gestehe aufrichtig: daß die Art, wie Du mich empfingst, wie mich andre nahmen, für mich äußerst empfindlich war. Ich sah Herdern, die Herzogin verreisen, einen mir dringend angebotnen Platz im Wagen leer, ich blieb um der Freunde willen, wie ich um ihrentwillen gekommen war, und mußte mir in demselben Augenblick hartnäckig wiederholen lassen, ich hätte nur wegbleiben können, ich nehme doch keinen Teil an den Menschen usw. Und das alles, eh von einem Verhältnis die Rede sein konnte, das Dich so sehr zu kränken scheint.

Und welch ein Verhältnis ist es? Wer wird dadurch verkürzt? Wer macht Anspruch an die Empfindungen, die ich dem armen Geschöpf gönne? Wer an die Stunden, die ich mit ihr zubringe?

Frage Fritzen, die Herdern, jeden, der mir näher ist, ob ich unteilnehmender, weniger mitteilend, untätiger für meine Freunde bin als vorher? Ob ich nicht vielmehr ihnen und der Gesellschaft erst recht angehöre.»

Das klingt plausibel, aber als er am 1. Juni 1789 diesen Brief schrieb, wußte er, daß Christiane schwanger war, und spätestens von diesem Augenblick an fühlte sich Goethe ihr für immer verbunden, es ging also längst nicht mehr nur um «Stunden», die er «dem armen Geschöpf» gönnen wollte, als handele es sich hier nur um eine belanglose Affaire, ein beiläufiges erotisches Abenteuer, das die Liebe zwischen Charlotte und ihm nicht berühren konnte, eine Liebe, die schon 1786 fragwürdig geworden war. Aber diese Seelenliebe, auf das Fundament der Askese gegründet, mußte brüchig werden. Wenn Goethe geglaubt hatte, ihrer beider Verhältnis in eine reine Freundschaft überführen zu können, so muß er von Charlotte von Stein wenig gewußt haben. Ja, mehr noch, er fühlte sich berechtigt, diesen Brief («Und es müßte durch ein Wunder geschehen, wenn ich allein zu Dir das beste, innigste Verhältnis verloren haben sollte») mit einer Ermahnung zu schließen, deren Schnödigkeit wirklich abscheulich ist:

«Unglücklicherweise hast Du schon lange meinen Rat in Absicht des Kaffees verachtet und eine Diät eingeführt, die Deiner Gesundheit höchst schädlich ist. Es ist nicht genug, daß es schon schwer hält, manche Eindrücke moralisch zu überwinden, Du verstärkst die hypochondrische quälende Kraft der traurigen Vorstellungen durch ein physisches Mittel, dessen Schädlichkeit Du eine Zeitlang wohl eingesehn und das Du, aus Liebe zu mir, auch eine Weile vermieden und Dich wohl befunden hattest. Möge Dir die Kur, die Reise recht wohl bekommen.»

Es ist nur zu verständlich, daß Charlotte von Stein, deren Enttäuschung, Verbitterung und Vereinsamung Goethe nicht zu verstehen vermochte, an den Rand dieses Briefes ein «O!!!» schrieb. Sie hat darauf nicht mehr geantwortet und offenbar auch nicht auf Goethes Brief vom 8. Juni, eine Fortsetzung des vorangegangenen. Der Dialog zwischen ihnen war beendet, ein vierzehn Jahre währendes Bündnis aufgelöst in Dissonanzen.

In diesem letzten Brief findet sich eine seltsame Bemerkung: «Hilf mir selbst, daß das Verhältnis, das Dir zuwider ist, nicht ausarte, sondern stehen bleibe wie es steht.» Was mag er damit gemeint haben, was bedeutete das Wort «ausarte»? Es ist denkbar, daß er in den ersten Monaten seine Beziehung zu Christiane als vorübergehend, als auflösbar betrachtet hatte, das war aber im Juni 1789 nicht mehr der Fall. Spätestens mit Christianes Schwangerschaft muß ihm bewußt geworden sein, daß dies der Anfang eines Lebensbündnisses war.

V

So erfreuen wir uns der langen Nächte, wir lauschen,
Busen an Busen gedrängt, Stürmen und Regen und Guß.
So erscheinet uns wieder der Morgen, es bringen die Stunden
Neue Blumen herbei, schmücken uns festlich den Tag.

DURCH DAS LEBEN mit Christiane, durch die Harmonie einer Liebe, die zwischen Geist und Sinnen nicht unterscheidet, sondern sie in vollkommener Einheit verschmelzen läßt, erfährt Goethe ein für ihn gänzlich neues Lebensgefühl. Seinen künstlerischen Ausdruck findet es in jenen Gedichten, die später (1806) den Titel *Römische Elegien* erhalten. Auf den ersten Blick scheinen sie ganz dem Rom-Erlebnis zu gelten und mit ihm und in seinem Mittelpunkt der Liebe zu der Römerin Faustina.

Ob diese Faustina überhaupt realiter existiert hat, ist – oder war – in der Goethe-Forschung nicht ganz unumstritten. Manche sehen sie als eine römische Projektion Christianes.

Aber ich wüßte nicht, was ernsthaft gegen die Existenz Faustinas vorzubringen wäre. Goethe selbst hat sie gelegentlich im Alter erwähnt, so in einem 1827 geführten Gespräch mit dem Maler Johann Karl Wilhelm Zahn, der gerade aus Rom kam und ihm die *Osteria alla Campana* beschrieb. Worauf Goethe erwiderte: «In dieser Osteria hatte ich meinen gewöhnlichen Verkehr. Hier traf ich die Römerin, die mich zu den ‹Elegien› begeisterte. In Begleitung ihres Oheims kam sie hierher, und unter den Augen des guten Mannes verabredeten wir unsere Zusammenkünfte, indem wir den Finger in den verschütteten Wein tauchten und die Stunde auf den Tisch schrieben.»

Ein italienischer Goethe-Forscher fand heraus, daß Faustina dokumentarisch nachweisbar ist. Demnach war sie, 1764 geboren, eine Tochter des Gastwirts Agostino di Giovanni, heiratete 1784, wurde Mutter eines Sohnes und kurz darauf Witwe. Offenbar arbeitete sie als Kellnerin in der *Osteria alla Campana*. Diese vierundzwanzigjährige Römerin wurde – vielleicht im Januar 1788, jedenfalls wohl erst nach der Rückkehr Goethes aus Neapel – die Geliebte des Dichters.

Der Psychoanalytiker Kurt R. Eissler hat in seiner umfangreichen Studie über Goethes Jahre zwischen 1775 und 1786 plausibel gemacht, daß Goethes Sexualleben erst mit dieser Beziehung zu Faustina begonnen habe. Auch wenn mir manche von Eisslers Hypothesen recht spekulativ, ja abstrus vorkommen, hat diese Vermutung sehr viel für sich; Einwände gegen sie sind kaum möglich. Daß Goethe im Sommer 1788 als ein völlig gewandelter Mensch nach Weimar zurückkehrte, hatte zweifellos auch damit zu tun, daß er jetzt – mit immerhin 39 Jahren – als ein sexuell erfahrener Mann auftreten konnte.

Dem Herzog, der ihn in seinen nach Rom gerichteten Briefen auch mit Nachrichten über das eigene Liebesleben versorgte, schrieb Goethe unter dem 16. Februar 1788: «Es scheint, daß Ihre guten Gedanken unterm 22. Jan. unmittelbar nach Rom gewirkt haben, denn ich könnte schon von einigen anmutigen Spaziergängen erzählen. So viel ist gewiß und haben Sie, als Doctor longe experientissimus, vollkommen recht, daß eine dergleichen mäßige Bewegung das Gemüt erfrischt und den Körper in ein köstliches Gleichgewicht bringt. Wie ich solches in meinem Leben mehr als einmal erfahren, dagegen auch die Unbequemlichkeit gespürt habe, wenn ich mich von dem breiten Wege auf dem engen Pfad der Enthaltsamkeit und Sicherheit einleiten wollte.» Da rühmte sich einer gegenüber dem «Gelehrten mit überaus langer Erfahrung», wie er den erotisch recht aktiven Herzog titulierte, mit Kenntnissen (bezeichnend mit «mehr als einmal» charakterisiert), die er schwerlich haben konnte. Aber da Faustina seit etwa vier Wochen seine Geliebte war, konnte er in der Tat «von einigen anmutigen Spaziergängen erzählen».

Fest steht, daß Goethe nach Jahren einer unnatürlichen sexuellen Abstinenz, in die er und Frau von Stein sich auch noch als Ideal der «reinen Liebe» bestärkten, nun als gereifter und sinnlich befreiter Mann nach Weimar zurückkam, was Charlotte von Stein denn auch sofort erkannte. «Er ist sinnlich geworden», bemerkte sie in einem Brief, und man sieht deutlich den angewiderten Mund der Schreibenden vor sich.

Wenige Wochen, nachdem er Faustina verlassen, begegnete ihm Christiane, deren Typus ihn an die römische Geliebte erinnerte, und was er in Rom kennengelernt und begonnen, setzte er nun in Weimar fort, und er dürfte bei Christiane wohl schwerlich auf Widerstand gestoßen sein. Sie war nur um ein Jahr jünger als Faustina und wird ihr an Sinnenfreude kaum nachgestanden haben, das bezeugen ihre Briefe. Ob die immerhin schon 23 Jahre alte Christiane – und in diesem Alter galt eine unverheiratet gebliebene Frau keineswegs mehr als jung, sondern eher als «späte Jungfer» – noch jungfräulich war oder nicht, muß nicht interessieren. Goethe bemerkte einmal zu einer diesbezüglichen Anspielung, er bezweifle nicht, «daß sie auch andern würde gefallen haben». Aber «eine gemeine Hure», wie Charlotte von Stein Christiane denunzierte, ist sie darum nicht gewesen.

Die *Erotica Romana*, wie die 24 Elegien ursprünglich hießen, wurden nicht in Rom geschrieben; sie entstanden zwischen Oktober 1788 und Ende März 1790 in Weimar. Und wenn sie auch Rom und Faustina zum Thema haben, so sind sie doch ohne die Liebe zu Christiane schwer vorstellbar. Aus der Frühzeit ihrer Bekanntschaft stammt eine Handzeichnung Goethes, Christiane im Profil darstellend. Das Gesicht ist idealisiert und weist römische Züge auf, als wollte Goethe hier Faustina und Christiane verschmelzen. Das gilt ebenso für die Faustina der *Erotica Romana*, der Züge Christianes – oder der Liebe zu ihr – beigemischt sind. Wenn Goethe die Geliebte als die Göttin *Gelegenheit* preist, entwirft er ein Bild, das an Christiane denken läßt, aber genauso Faustina einschließt («immer in andrer Gestalt»):

Diese Göttin, sie heißt *Gelegenheit!* lernet sie kennen,
Sie erscheinet euch oft immer in andrer Gestalt.
Tochter des Proteus möchte sie sein, mit Thetis gezeuget,
Deren verwandelte List manchen Heroen betrog.
So betrügt nun die Tochter den Unerfahrnen, den
 Blöden,
Schlummernde necket sie stets, wachende fliegt sie
 vorbei;
Gern ergibt sie sich nur dem raschen tätigen Manne,
Dieser findet sie zahm, spielend und zärtlich und hold.
Einst erschien sie auch mir, ein bräunliches Mädchen,
 die Haare
Fielen ihr dunkel und reich über die Stirne herab.
Kurze Locken ringelten sich ums zierliche Hälschen,
Ungeflochtenes Haar krauste vom Scheitel sich auf.
Und ich verkannte sie nicht, ergriff die Eilende, lieblich
Gab sie Umarmung und Kuß bald mir gelehrig zurück.
O wie war ich beglückt! – Doch stille, die Zeit ist vorüber,
Und umwunden bin ich römische Flechten von euch.

Zuweilen wird Faustinas Sohn erwähnt. Aber seit dem 25. Dezember 1790 war auch Christiane Mutter eines Jungen. Und wer wollte in einer der schönsten dieser Elegien unterscheiden, wer mit dem «lieblichen Mädchen» gemeint ist?

Herbstlich leuchtet die Flamme vom ländlich geselligen
Herde,
Knistert und glänzend wie rasch, sausend vom Reisig
empor!
Diesen Abend erfreut sie mich mehr, denn eh noch zur
Kohle
Sich das Bündel verzehrt, unter die Asche sich neigt
Kommt mein liebliches Mädchen. Dann flammen Reisig
und Scheite,
Und die erwärmte Nacht wird uns ein glänzendes Fest.
Morgen frühe geschäftig verläßt sie das Lager der Liebe,
Weckt aus der Asche behend Flammen aufs neue hervor.
Denn das gab ihr Amor vor vielen andern, die Freude
Wieder zu wecken, wenn sie still wie zu Asche versank.

Natürlich ist das letzte Verspaar bewußt doppeldeutig-erotisch formuliert. Aber Goethe wird auch deutlicher. In der ursprünglich 2. Elegie, die bei der Drucklegung aber ausgeschlossen wurde, ist die erotische Szene von schöner Eindeutigkeit; der Doppelsinn der Verse liegt darin, daß dies römische Gesellschaftsambiente doch auch vertrackt an den Weimarer Hof und die dort Agierenden denken läßt:

Tafel, Gesellschaft und Cors und Spiel und Oper und
Bälle
Amorn rauben sie nur oft die gelegenste Zeit.
Ekel bleibt mir Gezier und Putz und hebet am Ende
Sich ein brokatener Rock nicht wie ein wollener auf?
Oder will sie bequem den Freund im Busen verbergen,
Wünscht er von alle dem Schmuck nicht schon behend
sie befreit?

Müssen nicht jene Juwelen und Spitzen, Polster und
 Fischbein
Alle zusammen herab, eh er die Liebliche fühlt?
Näher haben wir das! Schon fällt dein wollenes
 Kleidchen,
So wie der Freund es gelöst faltig zum Boden hinab.
Eilig trägt er das Kind, in leichter linnener Hülle
Wie es der Amme geziemt, scherzend aufs Lager hinan.
Ohne das seidne Gehäng und ohne gestickte Matratzen
Stehet es, zweien bequem, frei in dem weiten Gemach.
Nehme dann Jupiter mehr von seiner Juno, es lasse
Wohler sich, wenn er es kann, irgendein Sterblicher sein.
Uns ergötzen die Freuden des echten nacketen Amors
Und des geschaukelten Betts lieblicher knarrender Ton.

Als es um die Drucklegung ging, nahm Goethe diese Elegie aus dem Zyklus heraus, weil die Leserschaft eine solche Deutlichkeit damals als Affront empfunden hätte. Auch der ursprüngliche Plan, die Elegien von zwei priapischen Gedichten begleiten zu lassen, mußte aufgegeben werden.

Goethe hatte sich um die Jahreswende 1789/1790 eingehend mit den römischen *Priapea* beschäftigt, einer Sammlung von 80 Gedichten eines anonymen Verfassers vom Ende des 1. Jahrhunderts n. Chr., die einzig dem aus dem kleinasiatischen Lampsacus stammenden Fruchtbarkeitsgott Priapus gewidmet waren. Sein hölzernes Abbild, dessen wichtigstes Attribut ein riesiger, steilaufgerichteter rotlackierter Phallus war, stand als Wächter in Weinbergen und Gärten und sollte Schutz bieten vor schädlichen Tieren und menschlichem Diebesgelichter. Die *Priapea* des Unbekannten sind abwechselnd witzig, ironisch, vulgär und obszön, vor allem aber stark päderastisch. Über diese Sammlung verfaßte Goethe für den Herzog («als dem Schutzherrn erotischer Feinschmeckerkost») einen Aufsatz, in dem einzelne Gedichte herausgestellt und gedeutet werden. Von dieser Beschäftigung angeregt, schrieb Goethe nun selber zwei Priapeen, die freilich zu seinen Lebzeiten nicht gedruckt werden konnten; seine prüden Nachlaßverwalter wagten das erst 1914! Diese beiden Gedichte sollten entweder die 22 Elegien einrahmen oder ihren Abschluß bilden, und das letzte lautet:

Hinten im Winkel des Gartens da stand ich der letzte der
Götter
Rohgebildet, und schlimm hatte die Zeit mich verletzt.
Kürbisranken schmiegten sich auf am veralteten Stamme,
Und schon krachte das Glied unter den Lasten der
Frucht.
Dürres Gereisig neben mir an, dem Winter gewidmet,
Den ich hasse, denn er schickt mir die Raben aufs Haupt
Schändlich mich zu besudeln; der Sommer sendet die
Knechte
Die sich entladende frech zeigen das rohe Gesäß.
Unflat oben und unten! ich mußte fürchten ein Unflat
Selber zu werden, ein Schwamm, faules verlorenes Holz.
Nun, durch deine Bemühung o! redlicher Künstler
gewinn ich
Unter Göttern den Platz der mir und andern gebührt.
Wer hat Jupiters Thron, den schlechterworbnen,
befestigt?
Farb und Elfenbein, Marmor und Erz und Gedicht.
Gern erblicken mich nun verständige Männer und
denken
Mag sich jeder so gern wie es der Künstler gedacht.
Nicht das Mädchen entsetzt sich vor mir, und nicht die
Matrone,
Häßlich bin ich nicht mehr, bin ungeheuer nur stark.
Dafür soll dir denn auch halbfußlang die prächtige Rute
Strotzen vom Mittel herauf, wenn es die Liebste gebeut
Soll das Glied nicht ermüden, als bis ihr die Dutzend
Figuren
Durchgenossen wie sie künstlich Philänis erfand.

Kein einziges der originalen lateinischen Priapeen ist so anmutig geglückt wie diese Goethesche Nachempfindung, die sich in einzelnen Bildern an das 63. der *Priapea* anlehnt. In der Restaurierung des fast schon zerstörten hölzernen Gartengotts durch den «redlichen Künstler» sehe ich eine Metapher für den erotischen Dichter Goethe, der mit den *Erotica Romana* die Gattung der erotischen Elegie der Antike – er selber nennt «Amors Triumvirn», nämlich Catull, Tibull und Properz – wiederherstellt, sie in der Gegenwart und für sie wiederbelebt. Der Wunsch des geilen Gottes, den ihn bewahrenden Künstler möchte die Manneskraft für sämtliche zwölf Positionen der legendären Hetäre Philänis nicht ausgehen, ist natürlich nicht ohne Augenzwinkern geschrieben, und diese ironisch-gebrochene Kraftmeierei, der erotischen Lyrik der Antike als Topos vertraut, läßt nicht zu, daß der Ton ins Vulgäre abgleitet. Überhaupt zeichnet dieses Gedicht eine strahlend gute Laune aus, Ausdruck für die erotische Erfüllung durch Christiane, Ausdruck für den Akt der Wiedergeburt (ist nicht auch sie eine Restaurierung?) durch das Italien-Erlebnis, bei dem sich durch Anschauung, durch sinnliche Erfahrung ihm die Antike völlig neu erschloß, wie er es so unvergleichlich in der 5. Elegie ausgedrückt hat:

Froh empfind' ich mich nun auf klassischem Boden begeistert,
Lauter und reizender spricht Vorwelt und Mitwelt zu mir –
Ich befolge den Rat, durchblättre die Werke der Alten
Mit geschäftiger Hand täglich mit neuem Genuß.
Aber die Nächte hindurch hält Amor mich anders beschäftigt,
Werd ich auch halb nur gelehrt, bin ich doch doppelt vergnügt.
Und belehr ich mich nicht? wenn ich des lieblichen Busens
Formen spähe, die Hand leite die Hüfte hinab.

Dann versteh ich erst recht den Marmor, ich denk' und vergleiche.
Sehe mit fühlendem Aug', fühle mit sehender Hand.
Raubt die Liebste denn gleich mir einige Stunden des Tages;
Gibt sie Stunden der Nacht mir zur Entschädigung hin.
Wird doch nicht immer geküßt, es wird vernünftig gesprochen,
Überfällt sie der Schlaf, lieg ich und denke mir viel.
Oftmals hab' ich auch schon in ihren Armen gedichtet
Und des Hexameters Maß, leise, mit fingernder Hand,
Ihr auf den Rücken gezählt, sie atmet in lieblichem Schlummer
Und es durchglühet ihr Hauch mir bis ins tiefste die Brust.
Amor schüret indes die Lampe und denket der Zeiten
Da er den nämlichen Dienst seinen Triumvirn getan.

Die Freunde Knebel – er arbeitete selber an einer Properz-Übersetzung – und Herder wurden über das Entstehen neuer «Eroticis» regelmäßig informiert, und im indirekten Seitenhieb auf Charlotte von Stein und ihr Bemühen um vergeistigte Liebe, wie sie in der Gestalt der Prinzessin im *Tasso* zur Sprache wird, hatte Goethe am 10. August 1789 an Herder geschrieben: «Nun sind wir frei von aller Leidenschaft, solch eine konsequente Komposition zu unternehmen. Die Fragmentenart erotischer Späße behagt mir besser.» Und fast übermütig schickte er am 24. März 1791 an den Herzog die Verse:

Indes macht draußen vor dem Tor,
Wo allerliebste Kätzchen blühen,
Durch alle zwölf Kategorien
Mir Amor seine Späße vor.

Zwar bezogen sich die «zwölf Kategorien» wohl auf Kants Kategorientafel, aber bei den Späßen Amors dachte er doch mehr «an die Dutzend Figuren», die er mit Christiane studierte, denn an den Königsberger Philosophen, der sich zeitlebens solcher Freuden streng enthalten hatte.

Der Herzog, wenn auch in diesem Fach «Doctor longe experientissimus», sah das innige Zusammenleben Goethes mit seinem «Eroticon», das ihn mehr und mehr der Weimarer Gesellschaft entfernte, offenbar doch ungern, denn er sorgte mehrfach für die Trennung der Liebenden. Als die Herzoginmutter Anna Amalia 1790 von ihrer Italienreise zurückkehrte, wurde Goethe die Aufgabe zugedacht, sie in Venedig zu empfangen und heimzugeleiten. Die Herzoginmutter verspätete sich aber, und so saß Goethe über einen Monat müßig in Venedig, gedachte sehnsüchtig seines «kleinen Naturwesens», wie er Christiane auch nannte, und destillierte zunehmend Galle.

> Schön ist das Land, doch ach! Faustinen find ich nicht wieder,
> Das ist Italien nicht mehr, das ich mit Schmerzen verließ.

Aber nicht Italien hatte sich verändert, sondern er selber war – dank Italien – ein anderer geworden, der auch Faustinens nicht länger bedurfte. «Übrigens muß ich im Vertrauen gestehen, daß meiner Liebe für Italien durch diese Reise ein tödlicher Stoß versetzt wird», klagte er aus Venedig dem Herzog. «Nicht daß mir's in irgendeinem Sinne übel gegangen wäre, wie sollte es auch? Aber die erste Blüte der Neigung und Neugierde ist abgefallen. (...) Dazu kommt meine Neigung zu dem zurückgelassenen Erotico und zu dem kleinen Geschöpf in den Windeln, die ich Ihnen beide, wie alles das Meinige, bestens empfehle.»

Frucht dieses morosen Aufenthalts waren die *Venezianischen Epigramme*, 170 an der Zahl, von denen aber 67 nicht veröffentlicht wurden, denn die erwiesen sich zumeist in ihrem Ton doch als zu ungehörig und anstößig, nicht nur, weil sie Erotisches freimütig ansprachen, sondern auch scharfe Angriffe gegen Kirche und Christentum enthielten. Doch gibt es nicht nur das Verärgerte und Übellaunige; immer wieder gingen seine Gedanken zu Christiane:

Welch ein Mädchen ich wünsche zu haben? ihr fragt mich? ich hab sie,
Wie ich sie wünsche, das heißt, dünkt mich, mit wenigem viel.
An dem Meere ging ich und suchte mir Muscheln, in einer
Fand ich ein Perlchen, es bleibt nun mir am Herzen verwahrt.

Daß Wörter wie «Muschel» und «Perlchen» in der erotischen Sprache seit Jahrhunderten ihren festen, eindeutigen Platz haben, schwingt hier natürlich mit, ebenso wie der Begriff des «Gärtchens»:

Weit und schön ist die Welt, doch o wie dank ich dem Himmel
Daß ein Gärtchen beschränkt, zierlich mein eigen gehört.
Bringet mich wieder nach Hause! was hat ein Gärtner zu reisen?
Ehre bringt's ihm und Glück, wenn er sein Gärtchen versorgt.

Dazu kam er aber erst wieder am 20. Juni, so lange blieb ihm gärtnerische Untätigkeit verordnet, mußte er «auf des geschaukelten Betts lieblichen knarrenden Ton» notgedrungen verzichten, weswegen sich ihm auch der epigrammatische Stoßseufzer entrang:

Alles was ihr wollt, ich bin euch wie immer gewärtig
Freunde, doch leider allein schlafen, ich halt es nicht aus.

Die erzwungene Abstinenz schlug sich immer wieder in gereizten, aggressiven Epigrammen nieder, und da er nicht vergessen hatte, was ihm Charlotte von Stein mit ihrem Spitz «Lulluchen» angetan hatte, wurde auch dessen gedacht:

Wundern kann es mich nicht, daß Menschen die Hunde so lieben,
Denn ein erbärmlicher Schuft ist, wie der Mensch, so der Hund.

Die Adressatin, die diesen Seitenhieb erst nach der Drucklegung im Dezember 1795 zu Gesicht bekam, verstand und nahm es verärgert zur Kenntnis: «Aber meinem Spitz muß ich's immer vorsagen, wenn ihm so recht hündisch wohl ist, denn er ist mir recht treu und recht fromm, er beißt niemanden und ist wirklich kein Schuft.»

Kaum war Goethe aus Venedig zurück, da hielt es der Herzog für geraten, ihm eine zweite Entziehungskur zu verschreiben, denn er mußte ihn nun vom 26. Juli bis 6. Oktober zu den preußischen Herbstmanövern nach Schlesien begleiten. Freilich, an der innigen Liebe Goethes zu Christiane änderte das gar nichts. Gefragt, warum er nicht heirate – wobei selbstverständlich niemand an Christiane als Ehefrau dachte – antwortete Goethe 1796: «Ich bin verheiratet, nur nicht mit Zeremonie.»

Die andere Elegie aus den *Erotica Romana*, die Goethe nicht zum Druck freigab, galt der «ungeheuren Geburt giftigen Schlammes», nämlich der Syphilis. Goethe fürchtete sich ganz außerordentlich vor venerischen Infektionen. Seine Angst, so meint Eissler, «ergibt nur einen Sinn, wenn man den neurotischen Bodensatz unerträglicher Kastrationsangst berücksichtigt». Dies ist eine der Stellen in Eisslers Argumentation, die ich abstrus nenne. Venerische Krankheiten waren im 18. Jahrhundert, wie wir nicht nur aus Casanovas Erinnerungen wissen, weit verbreitet. Leichtere Ansteckungen vermochte die damalige Medizin zu kurieren (der sexuell so aktive Herzog Carl August hatte wiederholt damit zu tun), aber eine luetische Infektion verlief oft genug tödlich, gegen sie gab es kein Mittel. Daß Goethe sich wie so viele seiner Zeitgenossen vor Ansteckung fürchtete, war also völlig normal und selbstverständlich, dazu muß man wahrlich nicht Kastrationsängste zur Interpretation bemühen. Einem Zeitalter, das sich mit der weltweiten Seuche Aids auseinandersetzen muß, sind folgende Verse nur allzu verständlich, weil gegenwärtig:

Jetzt wer hütet sich nicht langweilige Treue zu brechen!
Wen die Liebe nicht hält, hält die Besorglichkeit auf.
Und auch da, wer weiß! gewagt ist jegliche Freude
Nirgend legt man das Haupt ruhig dem Weib in den
Schoß.
Sicher ist nicht das Ehbett mehr, nicht sicher der
Ehbruch;
Gatte, Gattin und Freund eins ist im andern verletzt.
O! der goldenen Zeit! da Jupiter noch, vom Olympus,
Sich zur Semele bald, bald zu Callisto begab.

Treue als Schutz vor Ansteckung spricht auch aus einer anderen Elegie:

Darum macht mich Faustine so glücklich, sie teilet das
Lager
Gerne mit mir und bewahrt Treue dem Treuen genau.

Auf Christianes Treue durfte sich Goethe absolut verlassen, und auch er ist ihr zeitlebens treu geblieben, jedenfalls gibt es nicht ein einziges Zeugnis, das dem widerspräche. Treu geblieben nicht aus Furcht vor Infektion, sondern treu einzig aus Liebe. Diesem Thema hat er dann 1810 ein großes Gedicht gewidmet *(Das Tagebuch)*, das uns noch beschäftigen wird.

VI

Wenn das Volk mich verklagt, ich muß es dulden und bin ich
Etwa nicht schuldig? Doch ach! schuldig nur bin ich mit dir!

Von den 24 *Erotica Romana* erschienen 20 unter dem Titel *Elegien* im Sechsten Stück von Schillers Zeitschrift *Die Horen* Ende Juni 1795. Goethe hatte im September 1794 Schiller den ganzen Zyklus vorgelesen, der darüber seiner Frau schrieb: «Er las mir seine ‹Elegien›, die zwar schlüpfrig und nicht sehr dezent sind, aber zu den besten Sachen gehören, die er gemacht hat.» Im Mai entschloß sich Goethe, die 2. und die 16. Elegie der Dezenz zuliebe fortzulassen, wofür Schiller Verständnis zeigte und meinte, man müsse der «Schamhaftigkeit, die von einem Journal gefordert wird, dieses Opfer bringen». Davon allerdings scheinen die Leser nichts gespürt zu haben, denn die Veröffentlichung in den *Horen* verursachte einige Aufregung im biederen Weimar.

Der Herzog, dessen amouröses Treiben allgemein bekannt war, gab sich in einem Brief an Schiller sehr moralisch: «Wenn sie *(die Elegien)* vor dem Druck in den Händen mehrerer Freunde wären gegeben worden, so würde man vielleicht den Autor vermocht haben, einige zu rüstige Gedanken, die er wörtlich ausgedrückt hat, bloß erraten zu lassen; andere unter geschmeidigeren Wendungen mitzuteilen, noch andere ganz zu unterdrücken.»

Karl August Böttiger, Weimars Gymnasialdirektor und im Nebengeschäft zuständig für Klatsch und Tratsch, ereiferte sich: «Alle ehrbaren Frauen sind empört über die bordellmäßige Nacktheit. Herder sagte sehr schön, er habe der Frechheit ein kaiserliches Insigel aufgedrückt. Die ‹Horen› müßten nun mit dem u gedruckt werden. Die meisten Elegien sind bei seiner Rückkunft im ersten Rausche mit der Dame Vulpius geschrieben.»

Der österreichische Dichter Johann Baptist von Alxinger an Böttiger: «Properz durfte es laut sagen, daß er eine glückliche Nacht bei seiner Freundin zugebracht habe. Wenn aber Herr von Goethe mit seiner italienischen Mätresse vor dem ganzen Deutschland in den Horen den concubitum exerziert, wer wird das billigen? Das Ärgerliche und Anstößige liegt nicht in der Sache, sondern in der Individualität.»

Natürlich rümpfte auch Charlotte von Stein aus ähnlichen Gründen die Nase: «Wenn Wieland üppige Schilderungen machte, so lief es doch zuletzt auf Moral hinaus, oder er verband es mit Ridicules, so viel ich davon gelesen habe. Auch schrieb er diese Szenen nicht von sich selbst.»

Wir haben heute Mühe, diese Aufregung zu verstehen. Denn was sollte an diesen Versen «allzu rüstig» oder gar von «bordellmäßiger Nackheit» sein? Wie prüde war eine Gesellschaft, die diese *Elegien* als Skandal bewertete?

Das Verhältnis zu allem Erotischen war im Deutschland des ausgehenden 18. Jahrhunderts ambivalent. Daß der angesehene Göttinger Theologe Johann David Michaelis in seinen Vorlesungen Zoten zum besten gab, trug zu seiner

Beliebtheit nicht unwesentlich bei und sicherte ihm ein großes Auditorium; an Zoten vergnügte man sich auch in der Familie von Novalis' Verlobter Sophie von Kühn ganz offen. Der Professor der Physik Georg Christoph Lichtenberg in Göttingen unterhielt ein stadtbekanntes Verhältnis mit einer Minderjährigen und wurde ob seines aktiven Sexuallebens von den Studenten als «starker August» gerühmt. Der Schriftsteller Gottfried August Bürger führte mit zwei Schwestern eine Ehe zu dritt. Herzog Carl August bescherte seinem Land eine Vielzahl unehelicher Kinder und lebte nicht mit seiner Ehefrau, sondern mit der Schauspielerin Caroline Jagemann zusammen.

Nur: die alltägliche Praxis war das eine, die Literatur jedoch etwas ganz anderes, denn sie sollte von den profanen Dingen des Lebens möglichst wenig Notiz nehmen, am wenigsten von den erotischen, sondern eine moralische, vorbildhafte Natur haben. Gewiß, Goethes *Elegien* hielten sich formal eng an die antiken Vorbilder, aber nicht eng genug. Sie offenbarten das häusliche erotische Glück des Dichters, der hier «ich» sagte und das ganz individuelle Ich auch meinte. Die römische Witwe Faustina interessierte in Weimar nicht, denn alles blickte auf Christiane und las die Verse auf sie bezogen, wie aus Böttigers Brief hervorgeht. Daß hier einer seine Persönlichkeit und Lebensumstände unbekümmert ins poetische Spiel der Hexameter und Pentameter brachte, das wurde als anstößig empfunden, Charlotte von Stein drückte das sehr klar aus, wenn sie rügte, im Gegensatz zu Wieland lasse es Goethe am Komischen und an der moralischen Nutzanwendung ermangeln und spreche auch noch von sich selber. Und so meinte es auch Alxinger, wenn er Goethe vorwarf, in den *Horen* gleichsam einen öffentlichen Beischlaf vollzogen zu haben. Die meisten Gedichte, so mokierte sich Böttiger, seien «im ersten Rausche mit der Dame Vulpius geschrieben» worden. Und eben dieser Umstand krönte das Ärgernis. Denn diese Lebensgemeinschaft, die nun schon sieben Jahre währte, nahm die Gesellschaft übel; sie fühlte sich von ihr herausgefordert und vor den Kopf gestoßen. Gerade darum wollte man hier am allerwenigsten von den «Freuden des echten nacketen Amors» hören (die Elegie mit dieser Formulierung hatte Goethe nicht veröffentlicht, aus gutem Grund), von solch indiskreten Szenen wie jener, daß der Dichter der schlafenden Geliebten das klassische Versmaß auf den Rücken gezählt habe, von gemeinsamen Nächten, sinnlichen Erfahrungen, und dies alles auch noch überschwenglich gerühmt. Daß es dabei überhaupt nicht um literarischen Exhibitionismus ging, sondern um eine tiefe Liebe, dies sah man nicht, weil man es nicht wahrhaben wollte.

Goethe nahm literarisch wie gesellschaftlich einen zu hohen Rang ein, als daß man es ihn hätte entgelten lassen können, umso mehr aber durfte man sich an Christiane schadlos halten, und es war vor allem Charlotte von Stein, die in der Verleumdungskampagne die häßlichen Maßstäbe setzte mittels einer ausgebreiteten Korrespondenz. Sie hatte sich sogar ihre Erbitterung über Goethe mit einem Stück namens *Dido* von der Seele schreiben müssen, und natürlich ist sie selber die edle, tugendhafte und so schnöde verlassene Königin Karthagos, während Goethe unter dem Namen Ogon auftritt. Zwar ließ sie ihre bescheidene Poesie nicht drucken, aber das Manuskript kursierte unter den Freunden. Goethe, der um diese Zeit (1794) recht korpulent wurde, durfte als Ogon von sich sagen: «Ich war einmal ganz im Ernst an der Tugend in die Höhe geklettert (...), aber es bekam mir nicht, ich wurde so mager dabei; jetzt seht mein Unterkinn, meinen wohlgerundeten Bauch, meine Waden (...). Ich zähle mich jetzt unters Gewürm, lebe auch am liebsten mit ihm.»

Entsprechend fiel auch ihre Bewertung von *Wilhelm Meisters Lehrjahren* im Herbst 1796 aus: «Übrigens sind seine Frauen drin alle von unschicklichem Betragen, und wo er edle Gefühle in der Menschennatur dann und wann in Erfahrung gebracht, die hat er all mit einem bißchen Kot beklebt, um ja in der menschlichen Natur nichts Himmlisches zu lassen. Es ist immer, als wenn einen der Teufel zurechtwiese, daß man sich ja nicht etwa in seinen Gefühlen irre und sie vor etwas Besseres halte als sie wären.»

Als ihr im Februar 1797 Goethes Elegie *Hermann und Dorothea* in einer Abschrift zu Gesicht kam, kommentierte sie die Zeile «Schüre die Gattin das Feuer, auf reinlichem Herde zu kochen» mit dem Satz: «Nur schade, daß bei der Gattin, die am reinlichen Herd kocht, immer die Jungfer Vulpius die Illusion verdirbt.» Daß Goethe sich oft auf längere Zeit zum Arbeiten nach Jena zurückzog, begriff sie gut, «denn sein hiesiges häusliches Verhältnis muß ihn ganz abpoetisieren». Auch fand sie, Goethes Lebensgemeinschaft mit Christiane übe einen schlechten Einfluß auf ihren Sohn Karl aus: «Ich glaube beinahe, mein Sohn Karl heiratet gar nicht und nimmt sich zuletzt ein Mamsellchen wie Goethe, denn er findet das so artig an ihm und mir sind diese Verhältnisse zum Ekel.» Und in Goethes Sohn August glaubte sie die «vornehmere Natur des Vaters» von der «gemeineren der Mutter» unterscheiden zu können. Aber immerhin: Sie hing sehr an dem Kind, das oft zu ihr kam, und Goethe sandte ihr durch seinen Jungen kleine Geschenke.

Christiane, der natürlich die Gehässigkeit der Frau von Stein nicht verborgen geblieben war, vergalt nie Gleiches mit Gleichem, im Gegenteil: Sie schickte ihr 1796 zum Geburtstag einen Kuchen, den eine Magd «mit einem Kompliment von der Mademoiselle Vulpius überbrachte». Daß dies vor den Augen und Ohren der geladenen Gäste geschah, erboste die Empfängerin: «Das gibt nun eine ordentliche Stadtgeschichte, wo ich darüber ausgelacht werde.»

Auch Schiller verhielt sich wenig würdig. Im November 1790 schrieb er an seinen Freund Körner in Dresden über Goethe: «Übrigens ergeht's ihm närrisch genug. Er fängt an alt zu werden, und die so oft von ihm gelästerte Weiberliebe scheint sich an ihm rächen zu wollen. Er wird, wie ich fürchte, eine Torheit begehen und das gewöhnliche Schicksal eines alten Hagestolzen haben. Sein Mädchen ist eine Mamsell

Vulpius, die ein Kind von ihm hat und sich nun in seinem Hause fast so gut als etabliert hat. Es ist sehr wahrscheinlich, daß er sie in wenigen Jahren heiratet. Sein Kind soll er sehr lieb haben, und er wird sich bereden, daß, wenn er das Mädchen heiratet, es dem Kinde zuliebe geschehe, und daß dieses wenigstens das Lächerliche dabei vermindern könnte. Es könnte mich doch verdrießen, wenn er mit einem solchen *Geniestreich* aufhörte; denn man würde nicht ermangeln, es dafür anzusehen.»

Zehn Jahre später ließ er Körner wissen: «Goethe ist von seiner Exkursion nach Jena, wo er etwas zu arbeiten hoffte, längst zurück, hat aber nur etwas weniges vom Faust gearbeitet, welches aber vortrefflich ist. Im ganzen bringt er jetzt zu wenig hervor, so reich er noch immer an Erfindung und Ausführung ist. Sein Gemüt ist nicht ruhig genug, weil ihm seine elenden häuslichen Verhältnisse, die er zu schwach ist zu ändern, viel Verdruß erregen.»

Die «elenden häuslichen Verhältnisse»: So ähnlich hatte sich auch Charlotte von Stein, befreundet mit Schillers Frau, geäußert: «Es ist doch schade, daß der Goethe in so dummen Verhältnissen steckt; er hat Verstand und eine Seite von Bonhomie, und nur sein dummes häusliches Verhältnis hat ihm etwas Zweideutiges im Charakter gebracht.»

Dabei hatte Schiller Gelegenheit gehabt, im Herbst 1794 für zwei Wochen als Goethes Gast die Haushaltsführung Christianes kennenzulernen, der damit keine leichte Aufgabe zugemutet wurde, denn der schwierige Dichter hatte seinem Gastgeber vorsorglich mitgeteilt, er gedenke nicht, sich an irgendeine Hausordnung zu halten oder an geregelten Mahlzeiten teilzunehmen. So oblag es Christiane, neben dem gewohnten Tageslauf noch den heiklen Gast diskret zu betreuen, wobei diskret bedeutet, daß sie ihm so wenig wie möglich unter die Augen kam. Als Schiller dann wieder nach Jena zurückkehrte und an Goethe schrieb, fand er nicht ein einziges Wort des Dankes für Christiane. Da er sich, so sein Brief, am Frauenplan wohlgefühlt hatte, können die häuslichen Verhältnisse wohl nicht allzu elend gewesen sein. Aber das Wort «Verhältnisse» sollte wohl auf die Persönlichkeit Christianes zielen. Als ihm Goethe im November die Geburt eines Kindes und wenige Tage später dessen Tod meldete, bekam er von Schiller einen sonderbaren Trost gespendet: «Den Verlust, den Sie erlitten, haben wir herzlich beklagt. Sie können sich aber damit trösten, daß er so früh erfolgt ist und mehr Ihre Hoffnung trifft. Ich könnte mich schwer darein finden, wenn mir mit meinem Kleinen jetzt noch ein Unglück begegnete.» Es war das dritte Kind, das so bald nach seiner Geburt starb, und es bedurfte keiner Phantasie, um sich vorzustellen, was dies für Christiane bedeutete. Aber von ihr steht in Schillers Brief kein Wort, noch nicht einmal ein Gruß an sie. Nur von Goethes Hoffnung ist die Rede.

Auch eine sonst so kluge Frau wie Caroline Schlegel fragte, warum sich Goethe «nicht eine schöne Italienerin mitgebracht» habe; alles in seiner Umgebung «hat er sich mit dem künstlerischen Sinn geordnet, den er in alles bringt, nur nicht in seine dermalige Liebschaft, wenn die Verbindung mit der Vulpius (die ich flüchtig in der Komödie sah) so zu nennen ist».

Ein auch sonst gern wiederholtes Vorurteil: Wie vertrug sich Goethes ästhetischer Sinn mit einer Frau wie Christiane? Offenbar wurde sie nach Art eines kunstgewerblich ansprechenden Gegenstands qualifiziert. Überhaupt schien nichts zu billig und zu abgeschmackt, Christiane zu verleumden und zu verspotten. Nach außen hin wurde von ihr keine Notiz genommen; niemand wäre auf die Idee gekommen, sie einzuladen oder ihren Umgang zu suchen. Sie wurde – wie in Schillers Briefen – einfach als nichtexistent betrachtet. Aber wenn es darum ging, sich so recht von Herzen das Maul zu zerreißen und sich selber herauszustreichen, bot sich Christiane als Gegenbild geradezu an.

Goethe wußte das, und er wußte auch, daß all sein Ansehen und seine Autorität machtlos waren gegen das Geraun und Gezischel, gegen die hämische Herabwürdigung. Er reagierte auf seine Weise, indem er sich mehr und mehr von der Gesellschaft zurückzog, das Leben mit Christiane genoß und sich in seine Arbeit vergrub. Natürlich konnte daran nur «die Mamsell», «die Jungfer», «die Vulpia» schuld sein, wenn sie, die primitive Person, allein durch ihre Existenz dazu beitrug, den Meister, wie manche Goethe nannten, der Gesellschaft zu entfremden. Noch 1828, zwölf Jahre nach Christianes Tod, sagte der Großherzog zu Kanzler von Müller, «die Vulpius habe alles verdorben; ihn der Gesellschaft entfremdet». Tatsächlich aber war es umgekehrt. Beide suchten Schutz und jene Wärme beieinander, die ihnen die Gesellschaft verweigerte, und Goethe tat alles, um Christianes bedingungsloser Hingabe zu danken, zu danken für das ihm gewährte Glück und die Fröhlichkeit, mit der sie das Haus erfüllte. Ohne ihre starke Natur hätte sie die ihr zugefügten Beleidigungen nicht ertragen können, und sie wußte sich Goethes Liebe sicher.

«Itzo gehen bei uns die Winterfreuden an, und ich will mir sie durch nichts lassen verbittern», schrieb sie ihm im November 1798. «Die Weimarer täten es gerne, aber ich achte auf nichts. Ich habe Dich lieb und ganz allein lieb, sorge für mein Bübchen und halte mein Hauswesen in Ordnung, und mache mich lustig. Aber sie können einen gar nicht in Ruhe lassen. Vorgestern in der Komödie kommt Meisel und fragt mich ohne Umstände, ob es wahr wär, daß Du heurathst, Du schafftest Dir ja schon Kutsche und Pferde an. Ich wurde den Augenblick so böse, daß ich ihm eine recht malicieuse Antwort gab, und ich bin überzeugt, der fragt mich nicht wieder. Weil ich aber immer daran denke, so habe ich heute Nacht davon geträumt. Das war ein schlimmer Traum, den muß ich Dir, wenn Du kommst, erzählen. Ich habe dabei so geweint und so laut geschrien, daß mich Ernestine aufgeweckt hat, und da war mein ganzes Kopfkissen naß. Ich bin sehr froh, daß es nur ein Traum war. Und Dein lieber Brief macht mich wieder froh und zufrieden.»

VII

Und wie saß ich beschämt, daß Reden feindlicher Menschen
Dieses liebliche Bild mir zu beflecken vermocht.

Als er im Herbst 1790 den Herzog zu den Manövern in Schlesien begleiten mußte, schrieb Goethe an Herder: «Es ist all und überall Lumperei und Lauserei, und ich habe gewiß keine eigentlich vergnügte Stunde, bis ich mit Euch zu Nacht gegessen und bei meinem Mädchen geschlafen habe. Wenn Ihr mich lieb behaltet, wenige Gute mir geneigt bleiben, mein Mädchen treu ist, mein Kind lebt, mein großer Ofen gut heizt, so hab' ich vorerst nichts weiter zu wünschen.»

Dieses Zitat belegt Goethes Grundstimmung in jenen Jahren, die sich am besten in ein Wort fassen läßt: Behaglichkeit. Damals bewohnte er mit Christiane eine Wohnung im «Jägerhaus» an der Marienstraße; erst 1792 zog er für immer am

Frauenplan ein. Aus der idyllischen Zweisamkeit im Gartenhaus war nun eine feste Lebensgemeinschaft geworden, unlösbar für Goethe, seit am 25. Dezember 1789 ihr erstes Kind zur Welt gekommen war, für Christiane eine schwere Geburt, und dieser Sohn hatte in der Taufe – am 27. Dezember in St. Jacob – die Namen Julius August Walther erhalten. Der Taufpate, dem das Kind den mittleren, den Rufnamen, verdankte, der Herzog nämlich, hatte zwar die Gevatterschaft übernommen, nahm aber an der Zeremonie selbst nicht teil, da stand die Etikette vor der Freundschaft. Nur Christianes Tante Juliane, eine Schwester ihres Vaters, war als Taufpatin dabei; sie wohnte ebenfalls im Jägerhaus wie auch Christianes jüngere Schwester Ernestine. Zu dieser Gesellschaft traf im November 1791 der Schweizer Maler und Kunstschriftsteller Johann Heinrich Meyer, Goethes Berater in allen Fragen der Kunst, zur Unterscheidung von anderen Namensträgern und in Anspielung auf seine Mundart «Kunscht-Meyer» genannt, ein wahrer Hausfreund und einer der wenigen, auf dessen Freundschaft sich Christiane verlassen durfte.

Die zwischen Goethe und Christiane vor 1792 gewechselten Briefe sind nicht erhalten; wahrscheinlich fielen sie jener Vernichtung (auch «Autodafé» genannt) zum Opfer, die Goethe vor Beginn seiner dritten Schweizerreise 1797 veranstaltete. So wissen wir nicht, was beide einander während der langen Abwesenheiten Goethes 1790 geschrieben haben, und kennen somit auch nicht die näheren Lebensumstände, zumal uns auch Zeugnisse anderer fehlen. Erst als im August 1792 Goethe erneut den Herzog begleiten mußte, nun als Schlachtenbummler beim Feldzug gegen das revolutionäre Frankreich, setzt die überlieferte Korrespondenz ein.

Goethe und Christiane hatten kurz zuvor das Haus am Frauenplan bezogen (zum Geschenk machte es ihm der Herzog 1794), ein geräumiges Domizil, wie er es sich für seine weitläufigen Sammlungen wünschte, doch die gründliche Renovierung des 1709 erbauten barocken Bürgerhauses, verbunden mit Umbauten, konnte er wegen der Abwesenheit nicht mehr selbst leiten; sie lag in den Händen von Meyer und Christiane, die offenbar sehr harmonisch zusammenwirkten. Die dabei anfallende Arbeit mochte mit dazu beitragen, Christiane von dem Verlust ihres zweiten Kindes abzulenken, eines Jungen, den sie am 14. Oktober 1791 tot zur Welt gebracht hatte.

Aus dem Feldlager bei Verdun, dessen Eroberung kurz bevorstand, schrieb Goethe an Christiane am 10. September: «Wärst Du nur jetzt bei mir! Es sind überall große breite Betten, und Du solltest Dich nicht beklagen, wie es manchmal zu Hause geschieht. Ach! mein Liebchen! Es ist nichts besser als beisammen zu sein. Wir wollen es uns immer sagen, wenn wir uns wieder haben. (...) Behalte mich ja lieb! Denn ich bin manchmal in Gedanken eifersüchtig und stelle mir vor: daß Dir ein andrer besser gefallen könnte, weil ich viele Männer hübscher und angenehmer finde als mich selbst. Das mußt Du aber nicht sehen, sondern Du mußt mich für den besten halten, weil ich Dich ganz entsetzlich lieb habe und mir außer Dir nichts gefällt. Ich träume oft von Dir, allerlei konfuses Zeug, doch immer daß wir uns lieb haben. Und dabei mag es bleiben.»

Aus Frankreich geht auch manches «Judenkrämchen» an den Frauenplan, das sind Kleinigkeiten, wie man sie damals gern bei jüdischen Händlern kaufte. «Aus Paris bringe ich Dir ein Krämchen mit, das noch besser als ein Judenkrämchen sein soll.»

Aber der gedachte Spaziergang nach Paris fiel aus. Denn wenn auch Verdun genommen wurde, so blieb der Vormarsch bald danach stecken, und die Kanonade von Valmy leitete den schmählichen Rückzug der österreichisch-preußischen Armee ein bei Dauerregen, Epidemien, Hunger und einer im Schlamm der grundlos gewordenen Wege versunkenen Moral. Da blieb wenig von der Sehnsucht nach breiten Betten und Beisammensein übrig, denn selbst einen hochmögenden Schlachtenbummler verlangte es nur noch nach Essen, Wärme und trockener Kleidung.

Am 16. Dezember 1792 war Goethe wieder zu Hause, doch das Glück des wiedervereinigten Paares währte nicht lange: Der geschlagenen Armee gelang es im Sommer 1793, das von den Franzosen besetzte Mainz nach langer Belagerung zur Kapitulation zu zwingen, und wieder wünschte sich der Herzog den Freund und Minister zum Augenzeugen, und der reiste mürrisch am 12. Mai gen Mainz, nicht ohne Sorgen, denn Christiane war wieder schwanger. Am 7. Juni schrieb sie:

«Itzo fehlt mir nichts als Du, mein Lieber, daß mich mit Dir freuen könnte und ich Dich an mein Herz drücken könnte und Dir sagen könnte, wie ich Dich immer herzlicher liebe und Du mein einziger Gedanke bist, denn jede Freude ist nur halb, wenn Du nicht dabei bist. Komm nur recht bald wieder. Im Hause geht alles gut, der Tapezier fängt an, mein Kämmerchen ist fertig und künftige Woche werde ich in Ordnung kommen.»

Und am 18. Juni: «Das Pfuiteufelchen hat sich gemeldet, und es wird wohl seinen Besuch im Oktober machen. Da bist Du doch wohl wieder da. Ach ja, da läßt Du mich nicht allein! habe mich nur lieb und denke an mich, ich habe Dich ja jeden Augenblick im Sinn und denke nur immer, wie ich im Haushalt alles in Ordnung bringen will, um Dir mit etwas Freude zu machen, weil Du mich so glücklich machst. Leb wohl, behalte mich lieb und denke an mich, ich und der Kleine küssen Dich tausendmal. Schreibe mir bald wieder.»

Mit dem «Pfuiteufelchen» ist das Ungeborene gemeint, ein Wort aus der intimen Sprache Goethes und Christianes, von der später noch die Rede sein soll. Warum die Eltern das kleine Wesen, auf das sie sich doch freuten, so abfällig benannten, ist unklar; sollte vielleicht, alten magischen Praktiken entsprechend, mit dieser Geringschätzung ein Abwehrzauber ausgesprochen werden, um böse Kräfte abzulenken, Dämonen, die der Geburt ungünstig sein könnten, abzuwehren?

Goethe wird im Lager vor Mainz über alles informiert, was Christiane in Haus und Garten treibt: «Im Hause ist nun alles fertig, der Saal wird zu Ende jener Woche möbliert, die Stühle sind in der Arbeit; itzo werden noch die Ställe ausgeräumt, und ich halte so viel als möglich alles in Ordnung. Habe recht viel Gänse und Hühner angeschafft, und habe meine Freude so an dem Wesen. Über meine Gurken bin ich schon etwas ruhiger, ich habe spät welche gelegt, die sind recht gut, und wenn mir einen guten Herbst kriegen, so hoffe ich, soll alles gut werden. Es wird überhaupt heuer alles etwas später, auch der Weizen steht gut, und im alten Garten ist es itzo ganz herrlich: die Rosen blühen und die Kirschen wollen reif werden. Etwas kriegen mir dies Jahr doch, wenn es bleibet. Das Abendbrot wird meist im Garten verzehrt. Wenn Du nur wiederkömmst, wenn noch schöne Tage sind, daß wir noch mannichmal im Garten am Hause schlampampsen können, da freue ich mich darauf. Der Kleine spricht immer: ‹Der Vater kömmt ja noch nicht!› Er spricht immer von Dir, wie er Dir alles sagen will, was er kann. Itzo ist er sehr glücklich, wenn er im Garten eine reife Kirsche sieht, da freut er sich so, daß ich mich mit freun muß.»

Dieses fröhliche, glückliche Naturell Christianes, die in allem nur immer das Gute sieht und der Welt so froh und aufgeschlossen begegnet, muntert Goethe auf, denn er selber neigt eher zum Gegenteil und hängt oft genug trüben hypochondrischen Gedanken nach. Und dann bedarf er seines «kleinen Naturwesens» und dessen so vergnügt plaudernden Briefen:

«Daß Dir meine Briefe Freude machen, macht mich recht glücklich, und da will ich Dir recht oft schreiben. Und Du bist auch recht gut, daß Du mir so oft schriebest. Ich danke Dir von ganzem Herzen vor Deine lieben Briefe, die trösten mich noch. Daß es sehr traurig bei Dir aussieht, kann ich mir denken, ich denke immer an Dich und an das alles, man wird beinahe hier nicht frohe. Mein einziger Wunsch ist nur, wenn Du nur hier wärst. Wir wollen uns nur recht lieb behalten, das ist noch das Beste auf der Welt, und wenn mir wieder zusammen sind, uns es einander recht oft sagen, wie hübsch es ist, einander treu zu sein.»

Im August ist Goethe wieder in Weimar, und am 21. November trifft der Besuch des «Pfuiteufelchens» ein, es ist ein Mädchen – Caroline –, das aber diese Welt schon am 4. Dezember wieder verläßt. Auch das vierte Kind, der Sohn Karl, geboren am 30. Oktober 1795, bleibt nur bis zum 16. November. Das letzte, fünfte Kind, wird wieder ein Mädchen mit dem etwas ungewöhnlichen Namen Kathinka, geboren am 16. Dezember 1802, gestorben am 19. Dezember. «Die Mutter, so gefaßt sie sonst ist, leidet an Körper und Gemüt», schreibt Goethe an Schiller.

«So gefaßt sie sonst ist.» Ja, so mochte sie wohl auf ihn und andere wirken, aber wie viele Tränen mag Christiane heimlich vergossen haben, welche Verzweiflung sie heimgesucht, nach August keinem anderen gesunden Kind mehr das Leben schenken zu können, zumal sie wahrscheinlich zwischen diesen Geburten auch noch Fehlgeburten erlebt hat? Ihren Kummer wird sie Goethe, so gut es eben ging, verborgen haben, er ist ja auch ständig so viel unterwegs, immer wieder in strenger Arbeitsklausur in Jena, und von Sterben und Tod mag er nichts hören, nichts wissen. Christiane wird, so fürchte ich, ihr Leid einsam bestanden haben, denn ihr Lebensgefährte wünscht sich den allzeit fröhlichen Hausschatz, wie er sie nennt, trübe Stimmungen hat er ja selber genug, und im übrigen ist die sehr hohe Kindersterblichkeit in jener Zeit nicht eben selten. Wir wissen nicht, ob Goethe jemals darüber nachgedacht hat, warum gerade seine Familie davon so besonders betroffen war. Denn außer seiner Schwester Cornelia, die früh starb, sind alle anderen Geschwister im Säuglingsalter dahingerafft worden.

Daß Christiane an dem Unglück ihrer Kinder, auf die sie sich so gefreut hatte, nicht zerbrach, davor bewahrte sie ihr lebensbejahendes, stets fröhliches Naturell, und sie wußte, daß sie diese Vitalität für den so leicht angefochtenen und verstörten Geliebten brauchte. Sie war dem Leben zugewandt, und sie konnte vergessen. Aber natürlich zahlte sie dafür auch einen hohen Preis, und dazu kam noch die nur allzu begreifliche Angst vor ihrem ungewissen sozialen Schicksal. Denn was würde geschehen, wenn Goethe stürbe und sie – nicht seine Ehefrau und somit in jener Zeit praktisch rechtlos – mit ihrem einzigen Kind zurückbliebe? Es gab keine Alterssicherung, keine Lebensversicherung; wer nicht in vermögenden Lebensumständen lebte, sei es als Ehefrau oder Geliebte, geriet unweigerlich ins Elend, so wie Johann Sebastian Bachs Witwe, die ihre letzten Lebensjahre als «Almosenfrau» fristete. Goethe mußte 1790 nach Venedig, 1792 und 1793 an die Front, also Gelegenheiten genug, sich den Tod durch eine Kugel, einen Unfall oder die so leicht und rasch grassierenden Epidemien zu holen. Und dann: Was würde aus Christiane, Außenseiterin der Weimarer Gesellschaft, die ihr den Sturz ins Elend von Herzen gönnen würde?

Natürlich hat Goethe gründlich darüber nachgedacht. Ehe er 1797 seine dritte Schweizerreise antritt, macht er sein Testament. Darin werden Christiane und August hinreichend bedacht, besser als manche von der Kirche eingesegnete Ehefrau. Freilich: ein entsprechend soziales Vermächtnis vermag ihr Goethe nicht zu hinterlassen.

Über die Absichten seiner Reise, ihre Ziele und ihre Dauer scheint Goethe Christiane im Ungewissen gelassen zu haben. Im Februar 1797 ängstigt sie sich, «wie schlecht es mir zu Mute sein wird, wenn Du in Italien sein wirst». Um ihr den Abschied zu versüßen, darf Christiane mit August bis Frankfurt mitreisen, «um sie meiner Mutter vorzustellen». Aber Goethe fährt ab Gelnhausen allein voraus, «die Meinigen» treffen erst 12 Stunden später ein und dürfen auch nur drei Tage bleiben. «In diesen ersten Tagen bin ich nur beschäftigt, diesen Fremdlingen alles zu zeigen», erfährt Meyer in Stäfa. Für die Rückreise der «Fremdlinge» hatte Goethe Weimars Verwaltung «um einen besonderen Paß» bitten müssen und vorsichtig den Kanzler v. Koppenfels gefragt, «ob Sie unbedenklich finden, etwa einen dergleichen auf *Frau Vulpius und Sohn* ausfertigen zu lassen», was denn auch geschehen war.

Schon eine solche Formalie zeigt uns Christianes prekäre Situation. Bezeichnend, daß ihr erster Brief nach der Trennung – am Tag der Rückreise (7. August) in Hanau geschrieben – schon ihre Besorgnis andeutet: «Ganz zufrieden bin ich freilich nicht, daß Du, mein Lieber, nicht bei mir bist, ich will mich aber recht gut aufführen und nicht gramseln und mir nur immer denken, wie lieb Du mich hast, und wie gut Du es mit mir meinst. Ich danke Dir noch vor alle Liebe und Güte. Ich bin nur zufrieden, wenn ich mir denke, daß der gute Schatz bei der lieben Frau Rat ist, wo es Dir gut geht.» Und was sie selbst sich nicht zu sagen traut, läßt sie den siebenjährigen August in einer Beilage aussprechen: «Lieber Vater, tun Sie mir den Gefallen und reisen Sie nicht in die Schweiz.»

Etwas heiterer klingt es am 13. August aus Weimar: «Ich bin sehr heiter und vergnügt, wenn ich an unsere Hinreise nach Frankfurt denke; wie Du, Lieber, so gut warst und uns so lieb hattest, das werd ich nie vergessen. Und die liebe Frau Rat hat uns so gut aufgenommen! ich glaube, ich bin nach der Reise ganz anders, ich komme mir ganz glückselig vor. Ich werde wohl nie wieder gramselen.»

Aber das tut sie fünf Tage später dann doch: «Wenn ich mir es gleich schon lange vorgestellt habe, daß Du reisen würdest, so ist es mir doch heut, als ich Deinen Brief erhielte, sehr schwer aufgefallen. Ich und das Kind haben beide sehr geweint. Es soll nach der Schweiz auch wegen des Kriegs übel aussehen. Ich bitte Dich sehr, schreibt mir nur bald. Und wenn Du in der Schweiz bist, laß mich auch immer etwas von Dir hören, und ich bitte Dich um alles in der Welt, gehe itzo nicht nach Italien! Du hast mich so lieb, Du läßt mich gewiß keine Fehlbitte tun. Was mich die Menschen hier ängstigen, daß Du nach Italien gingest, das glaubst Du gar nicht; dem einen hat es der Herzog selbst gesagt, das andere weiß es von Dir gewiß, ich will gar keinen Menschen mehr sehen und hören. Lieber, Bester, nimm mir es nicht übel, daß ich so gramsele, aber es wird mir diesmal schwerer als jemals, Dich so lange zu entbehren; mir waren so aneinander gewöhnt. Die Wege in den Garten sind nicht allein groß, alles im ganzen Hause kommt mir groß und leer vor. Bleibe ja nicht so lange aus, ich bitte Dich sehr. Ich tröste mich immer damit, daß Dir das Reisen zu Deiner Gesundheit dienlich, weil Dir das zu Hause Sitzen doch nicht gut ist; aber gehe nur nicht weiter als in die Schweiz.»

Denn was würde es bedeuten, wenn er nach Italien ginge? Ein erneuter Aufenthalt von anderthalb Jahren? Und am Ende eine Trennung von Christiane für immer? Und nicht zu vergessen die Unbilden solcher Reisen, die damals nicht ungefährlich waren. Christiane hatte recht, wenn sie ihn an den Krieg erinnerte. Der griff zwar auf die Schweiz erst 1798 über, tobte aber in Süddeutschland mit wechselndem Glück zwischen Österreichern und Franzosen, während ganz Oberitalien sich in ein Schlachtfeld verwandelt hatte, auf dem seit 1796 ein junger französischer General namens Bonaparte Sieg um Sieg errang. Wohl bestand hier seit dem Frühjahr ein Waffenstillstand, aber wie dauerhaft würde er sein? Eine Reise nach Italien verbot sich zu diesem Zeitpunkt schon aus Sicherheitsgründen, und wenigstens diesem Argument wird sich Goethe nicht verschlossen haben.

Der antwortet – noch aus Frankfurt – beschwichtigend, aber der etwas empfindliche Unterton ist nicht zu überhören: «Vor allen Dingen muß ich Dich bitten, mein liebes Kind, daß Du Dich über meine weitere Reise nicht ängstigst und Dir nicht die guten Tage verdirbst, die Du haben kannst. Du hast Dich mit Deinen eignen Augen überzeugt, daß ich in meiner hiesigen Lage nicht würde arbeiten können, und was sollte ich sonst hier tun? da das Allgemeine der Stadt bald beobachtet ist, und ich kein besonderes Verhältnis weder habe, noch haben mag. Die Jahrszeit ist so schön, daß man schon den täglich beneidet, den man zum Tor hinaus fahren sieht. Du weißt überhaupt und hast auch auf der letzten Reise gesehen, daß ich bei solchen Unternehmungen sorgfältig und vorsichtig bin, Du kannst leicht denken, daß ich mich nicht von heiler Haut in Gefahr begeben werde, und ich kann Dir wohl gewiß versichern, daß ich diesmal nicht nach Italien gehe. Behalte das für Dich und laß die Menschen reden, was sie wollen; Du weißt ja die Art des ganzen Geschlechts, daß es lieber beunruhigt und hetzt, als tröstet und aufrichtet.»

Das «liebe Kind» – Christiane, wohlgemerkt, nicht August – ist freilich nicht getröstet: «Daß Du, mein Lieber, aber meine Briefe noch nicht hast, betrübt mich sehr, ich habe jede Woche geschrieben, ich wollte aber lieber, Du wärst wieder hier. Ich will nicht gramseln; aber ich weiß nicht, es ist mir diesmal, als wär mir es unmöglich, länger ohne Dich zu leben. Ich bitte herzlich, komm bald und laß mich bald von Dir hören, daß Du zurückkommst. Es ist diese Zeit sehr betrübt gegangen, mein einziger Wunsch ist, Dich bald wieder bei mir zu sehen und Dich an mein Herz zu drücken.»

Goethe tröstet: «Mit meinen Reisen wird es künftig nicht viel werden, wenn ich Dich nicht mitnehmen kann. Denn jetzt schon möchte ich lieber bei Dir zurück sein, Dir im grünen Alkoven eine gute Nacht und einen guten Morgen bieten und mein Frühstück aus Deiner Hand empfangen.»

Mit den Briefen zwischen Weimar und Stäfa klappt es nicht so recht, Verzögerungen treten ein, und Christiane klagt Anfang Oktober: «Heute frühe war mein erster Gedanke, ich würde einen Brief von Dir bekommen, aber ich habe diesmal vergebens gehofft. Des Abends ist mein letzter Gedanke an Dich und des Morgens ist es wieder der erste. Es ist mir heute so zu Mute, als könnte ich es nicht länger ohne Dich aushalten. Es hat auch heute alles im Hause schon über meinen übelen Humor geklagt. Ich weiß gar nicht, was ich vor Freuden tun werde, wenn ich von Dir hören werde, daß Du wieder auf der Rückreise bist. Ohne Dich ist mir alle Freude nichts; ich habe, seit ich von Frankfurt weg bin, keine rechte vergnügte Stunde gehabt. Ich habe Dir es immer seither verschwiegen, aber länger will es nicht gehen. Ich habe mir auch alle mögliche Zerstreuung gemacht, aber es will nicht gehen;

selbst das Schauspiel will nicht recht schmecken. Sei ja nicht böse auf mich, daß ich Dir so einen gramselichen Brief schreibe, er ist ganz aus dem Herzen raus.»

Kann es sein, daß Goethe die Verbindung mit Christiane erstmals auch als Last empfindet? Am 19. September sieht er unterwegs einen Baum, um den sich ein Efeu geschlungen hat, und er vermerkt dieses Phänomen im Tagebuch. Etwas später schreibt er die Elegie *Amyntas*, worin es heißt:

«Runzle die Stirne nicht tiefer, mein Freund! und höre, gefällig,
Was mich gestern ein Baum, dort an dem Bache gelehrt.
Wenig Äpfel trägt er mir nur, der sonst so beladne,
Sieh der Efeu ist schuld, der ihn gewaltig umgibt.
Und ich faßte das Messer, das krummgebogene, scharfe,
Trennte schneidend und riß Ranke nach Ranken herab;
Aber ich schauderte gleich, als, tief erseufzend und kläglich,
Aus den Wipfeln, zu mir, lispelnde Klage sich goß.
O! verletze mich nicht! den treuen Gartengenossen,
Dem du, als Knabe, so früh, manche Genüsse verdankt.
O! verletze mich nicht! du reißest mit diesem Geflechte,
Das du gewaltig zerstörst, grausam das Leben mir aus.
Hab ich nicht selbst sie genährt und sanft sie herauf mir erzogen?
Ist wie mein eigenes Laub, mir nicht das ihre verwandt?
Soll ich nicht lieben die Pflanze, die, meiner einzig bedürftig,
Still, mit begieriger Kraft, mir um die Seite sich schlingt?
Tausend Ranken wurzelten an, mit tausend und tausend
Fasern, senket sie, fest, mir in das Leben sich ein.
Nahrung nimmt sie von mir; was ich bedürfte genießt sie,
Und so saugt sie das Mark, sauget die Seele mir aus.»

Es mag sein, wie allgemein vermutet wird, daß dieses Bild auf Christiane zielt, daß hier für Goethe belastende Lebensumstände künstlerisch umschrieben werden, die Schiller so abschätzig als jene «elenden häuslichen Verhältnisse» charakterisierte. Vielleicht war die dritte Schweizerreise und ihre denkbare Fortsetzung bis nach Italien ein letzter Versuch, bedrohte Unabhängigkeit zu bewahren, Distanz zu gewinnen. Aber man muß diese Elegie genau lesen. Der Baum klagt, aber er fragt doch zugleich auch: «Soll ich nicht lieben die Pflanze?» Vor allem aber lautet das Schlußdistichon:

> «Süß ist jede Verschwendung! o! laß mich der schönsten genießen!
> Wer sich der Liebe vertraut hält er sein Leben zu Rat?»

Ursprünglich lautete dieser Schluß:

> «Süß ist jede Verschwendung! Es ist die schönste von allen,
> Wenn uns das Mädchen gewährt, alles zu opfern für sie.»

In der gültigen Fassung ist nun nicht mehr vom «Opfer» die Rede, wohl aber davon, angesichts des empfangenen Liebesgeschenks sparsames Haushalten (das meint die Formulierung «zu Rat halten») zu verwerfen. Wer die Liebe und damit das Leben liebt und bejaht, darf niemals rechnen, ob sich da irgend etwas bilanziert und unter dem Strich ausmünzt, denn das Geschenk der Liebe ist niemals berechenbar. Dennoch ist nicht zu verkennen, daß die Liebe zu Christiane und ihre Liebe zu Goethe nicht so problemlos gewesen ist wie jene meinen, die Christiane – in der Reaktion auf die so lange geübte Verleumdung – als die eigentlich wahre ideale Partnerin Goethes sehen wollen.

Als Goethe Ende Oktober aus Tübingen an Christiane schreibt, «ich kann aber auch wohl sagen, daß ich nur um

Deinet- und des Kleinen willen zurück gehe», ist das leise Bedauern nicht zu überhören. Aber es ist – entsprechend der Elegie *Amyntas* – auch der Nachsatz zu bedenken: «Ihr allein bedürft meiner, die übrige Welt kann mich entbehren. Lebe recht wohl und habe mich so lieb wie ich Dich. Ich freue mich unaussprechlich, Dich wiederzusehen.»

In den letzten Tagen des Dezembers 1800 erkrankt Goethe. Charlotte von Stein: «Es ist ein Krampfhusten und zugleich die Blatterrose. Er kann in kein Bett und muß immer in einer stehenden Stellung erhalten werden, sonst muß er ersticken. Der Hals ist verschwollen und dick und voller Blasen inwendig. Sein linkes Auge ist ihm wie eine große Nuß herausgetreten und läuft Blut und Materie heraus. Oft phantasiert er, man fürchtete vor einer Entzündung im Gehirn, ließ ihn stark zu Ader und gab ihm Senf-Fußbäder.»

Die heutige Medizin weiß diese Krankheitssymptome nicht präzise einzuordnen. Der Schweizer Internist und Kardiologe Frank Nager vermutet «vielleicht eine Gesichtsrose, vielleicht eine von Eiterzähnen ausgehende Entzündung von Schädelknochen, eine sogenannte dentogene Osteomyelitis» und ergänzt: «Möglicherweise war die chronisch wiederkehrende Tonsillitis (Angina) oder aber waren langwierige Zahnabszesse Ausgangsherd dieser lebensbedrohlichen bakteriellen Infektion.»

Schon nach wenigen Tagen ist Goethes Zustand sehr ernst geworden. Neun Tage bleibt er bewußtlos, man befürchtet den Verlust seines linken Auges. Nur langsam gewinnt er seine Kräfte wieder, und am 1. Februar kann er seiner Mutter melden, «daß es wieder ganz leidlich mit mir geht».

In dieser schweren Krise bewährt sich Christiane. «Wie gut, sorgfältig und liebevoll sich meine liebe Kleine bei dieser Gelegenheit erwiesen, werden Sie sich denken, ich kann ihre unermüdete Tätigkeit nicht genug rühmen», teilt er der Mutter mit.

Was er nicht weiß: Welche Ängste Christiane um ihn, aber auch um ihre weitere Zukunft hat ausstehen müssen. Und wie wenigen Menschen kann sie sich mit ihren Sorgen anvertrauen. Zur kleinen Schar der Getreuen, die ihr zur Seite stehen, gehört der Bremer Arzt Nikolaus Meyer, zehn Jahre jünger als sie. Er hatte 1793 mit dem Studium der Medizin begonnen, zeitweise auch am Frauenplan gewohnt und sich von Goethe das Thema seiner Dissertation geben lassen, die sich mit der Anatomie der Hausmaus befaßte *(Prodromus anatomiae murium).* Die dazu erforderlichen Skelettpräparationen nahm Meyer auf Christianes Küchenherd vor, was die Hausfrau ziemlich entsetzte, denn wer hat es schon gern, wenn zwischen Bouillon und Sauce auch Mäusekadaver gesotten werden? Aber daß sich Christiane willig in diese wissenschaftlichen Bemühungen des jungen Studenten fügte, muß ihr angerechnet werden, wenngleich ich den starken Verdacht habe, daß es sich bei Nikolaus Meyer um ein veritables «Äugelchen» gehandelt haben muß, so nannten Goethe und Christiane ihre beiderseitigen Flirts, die sie sich ohne weiteres zubilligten. Allerdings fehlt es nicht an Zeugnissen, die eine sich regende Eifersucht Goethes recht deutlich herauslesen lassen. Am 2. April 1803 schreibt Christiane an Meyer:

«Da Sie mich beschuldigen, ich habe Sie vergessen, muß ich, so ungern ich auch schreibe, Ihm doch einmal selbst schreiben, ob ich Sie vergessen kann und werde, frage ich Sie selbst – – Ich lebe ganz still und sehe fast keinen Menschen. Das Theater ist noch einzig und allein meine Freude, ich lebe aber sehr in Sorge wegen des Geh.Rats, er ist manchmal ganz hypochonder und ich stehe viel aus, weil es aber Krankheit, so tue ich alles gerne. Habe aber so gar Niemanden, dem ich mich vertrauen kann und mag. Schreiben Sie mir aber auf dieses nichts, denn man muß ihm ja nicht sagen, daß er krank ist; ich glaube aber er wird wieder einmal recht krank. Neulich als Ihr Brief kam, war er sehr lustig, und sagte zu mir: ‹sehe nur einmal was dem Doctor seine Briefe an Dich so klein und unbedeutend werden, erinnerst Du Dich, ich habe Dir es einmal voraus prophezeit, und wirst Du bald gar keine mehr bekommen.› Lassen Sie das nicht in Erfüllung gehen und schreiben Sie mir bald und viel. Denn eine ganze Zeit habe ich sehr wenig von Ihnen gehört, ich denke mir aber fest, daß Sie noch der Freund sind, der Sie waren, so wie ich auch das bleibe, was ich war.» Und sie schließt: «Leben Sie recht wohl, und erinnern Sie sich noch zuweilen an Jemand, der sich immer nennen wird Ihre Freundin C. V.»

Als Goethe zu Anfang 1805 erneut erkrankt, schreibt sie am 12. April an Meyer einen Brief, der Christianes Situation genauestens charakterisiert und verdient, vollständig zitiert zu werden:

«Lieber Freund,

Ich bin fest überzeugt, daß Sie es gewiß wissen, daß es weder leichter Sinn ist, noch daß ich Ihnen vergessen hätte, weil ich nicht geschrieben habe, sondern die traurige Lage in der ich mich befinde. Der Geheime Rat hat nun seit einem Vierteljahr fast keine gesunde Stunde gehabt und immer Perioden wo man denken muß er stirbt. Denken Sie sich also mich, ich die außer Sie und dem Geheimen Rat keinen Freund auf dieser Welt habe und Sie, lieber Freund, sind wegen der Entfernung für mich doch so gut wie verloren. Sie können sich denken, wenn so ein unglücklicher Fall käme, und ich so ganz allein stünde, wie mir zu Mute ist. Ich bin wahrhaftig ganz auseinander, und dann kommt noch dazu, daß die Ernestine sich abzehrt und auch dem Grabe sehr nahe ist, und die Tante ist auch sehr schwach, es ist also die ganze große Last der großen Haushaltung auf mich gewälzt und ich muß fast unterliegen, es wollen zwar die Leute behaupten, man sehe mir es nicht an, aber lange kann es doch nicht so fortgehen.

Und hier ist kein Freund, dem ich so alles, was mir am Herzen liegt, sagen könnte, ich könnte Freunde genug haben, aber ich kann mich an keinen Menschen wieder so anschließen, und werde wohl so für mich allein meinen Weg wandeln müssen. Vor zwei Tagen begleitete ich August, der mit einer

Gesellschaft nach Frankfurt geht, zur Messe, bis Erfurt. Ich verließ den Geheimen Rat wohl, ich war kaum ein paar Stunden da, als ich einen Boten erhielt, daß er sich sehr übel befände, ich reiste gleich zurück und fand ihn sehr schlecht. Itzo daß ich Ihm das schreibe, befindet er sich durch Hilfe des Hof Rat Stark besser, aber nicht außer Bette, und stelle mir nichts Gutes vor. Wenn Sie mir auf diesen Brief antworten, so adressieren Sie ihn an meinen Bruder, oder an die Frau Doktorin Buchholz, weil ich weiß, der Geheime Rat hat es nicht gern, wenn ich was von seiner Krankheit schreibe. – Ach Gott wenn Sie nur hier wären, ich glaube die Ärzte kennen seine Krankheit nicht recht, oder es ist ihm nicht mehr zu helfen.

Ich weiß gar nicht was ich denken soll, der Zufall kommt gewöhnlich alle vier Wochen mit den größten Schmerzen, wobei er gewiß noch unterliegen muß. Ich glaube es sind Hämorrhoidalumstände, denn der Schmerz ist im Unterleibe, aber Starke will nichts wissen. Ich bitte Sie aber nochmals, wenn Sie mir auf diesen Brief antworten, den Brief nicht gradezu an mich zu adressieren weil er sonst immer in seine Hände kömmt. Wenn dieser Brief nicht so geschrieben ist als er sollte, so verzeihen Sie einer Krankenwärterin. So eben als ich dieses schreibe schläft er ein bißchen. Schreiben Sie mir aber ja recht bald einen tröstlichen Brief, und schreiben Sie mir ob es denn wohl noch möglich sei, Sie noch einmal zu sehen. Und dies ist noch immer mein einziger Wunsch, denn ob ich gleich nicht geschrieben habe, so vergeht doch kein Tag, wo nicht von Ihnen gesprochen wird, auch der Geheime Rat spricht immer von Ihnen, und alle Morgen, so wir auf, und ich in mein Zimmer komme, ist es mir als müßte ich Ihr Bild grüßen.

Leben Sie recht wohl, ich bin noch immer wie ich war ewig

Ihre Freundin

C. V.»

Ich glaube nicht, daß dieser bewegende Brief in dem Sinne zu interpretieren ist, wie es gelegentlich geschah, daß sich nämlich Christiane vor dem wirtschaftlichen Nichts bei Goethes Tod fürchtet. Er hatte ja 1797, vor der Reise in die Schweiz, sein Testament formuliert; für sie und August ist gesorgt, und das ist ihr 1805 natürlich bewußt gewesen. Nein, es ist die geistige und soziale Verlassenheit, die sie fürchtet, da sie, als Goethes Geliebte, verachtet wird und auf keine gesellschaftliche Reputation hoffen darf. Nie hat sie von Goethe die Heirat verlangt, stets ist sie – die ihre eigenen Krankheiten unterdrückt – auf Goethes Glück und Wohlbehagen bedacht, aber in diesem Brief an den «lieben Freund» offenbart sich eine bedrückende Einsamkeit, ja Verlassenheit dieser lebenslustigen Frau.

Christiane sucht dieses Alleingelassensein durch eine Fülle von Arbeiten zu kompensieren; ihr Fleiß und ihr praktischer Sinn kommen ihr dabei zugute. Vor allem besitzt «das kleine Naturwesen» viel Sinn für die gärtnerische Arbeit, und Goethe überläßt ihr gern die vielen Aufgaben, die der Garten am Stern (also am Gartenhaus) und an der Ackerwand (der Hausgarten rückseits des Frauenplans) von ihr fordern. Doch damit nicht genug: 1796 erwirbt Goethe auf Christianes Wunsch das «Krautland» nördlich des Lottenbaches, um dort Gemüse anbauen zu können. Und schließlich wird Goethe 1798 auch noch Besitzer des Gutes Ober-Roßla, das ihm und Christiane schließlich wenig Freude bereitet und schon 1803 wieder verkauft wird. Die in den Gärten gezogenen Gemüse – Artischocken, Kohl, Spargel – gedeihen so reichlich, daß Christiane den Überschuß verkaufen kann, zum Besten ihrer Haushaltskasse. Und regelmäßig beschenkt sie Frau von Stein mit Spargel, den sie ihr «durch das Bübchen» zustellen läßt, ein Zeichen ihrer Großzügigkeit und ihres Taktes. Die Empfängerin freilich hat es ihr nie gedankt. Über ihre spezifischen Sorgen mit der Gartenarbeit wird Goethe regelmäßig informiert: «Im Garten geht alles mit den Pflanzen gut, nur der Gärtner und der Hofgärtner von Belvedere sind nicht einig wegen dem Spargel, und die jungen Bäume hat gewiß unser Gärtner nicht tief genug gepflanzet. Deswegen kömmt morgen der Hofgärtner von Belvedere herunter und hat unsern Gärtner auch bestellt. Darein lege ich mich aber nicht, das mögen sie selbst ausmachen. Viel wird dies Jahr mit Gemüse und Einmachen nicht werden, wenn mir keine bessere Witterung bekommen, es ist so kalt, daß gar nichts wachsen kann» (Ende Juni 1793). Oder: «Ich hatte den Hausgarten sehr in Ordnung, gepflanzt und alles. In einer Nacht haben mir die Schnecken beinahe alles aufgefressen, meine schönen Gurken sind fast alle weg, und ich muß wieder von vorne anfangen. Es ist noch ein Trost, daß mir es nicht allein so geht; Treuters und alle, die Gärten haben, klagen. Es soll eine besondere Art Schnecken sein, die alles aufzehren. Es kommt gewiß von dem vielen Regen. Doch was hilft es? Ich will es wieder machen; man hat ja nichts ohne Mühe. Es soll mir meinen guten Humor nicht verderben» (30. Mai 1798).

Neben der Gartenarbeit ist das große Haus zu verwalten. Da sind Handwerker zu beaufsichtigen, große Wäsche zu machen, Vorräte anzulegen und einzumachen, Gänse und Hühner werden angeschafft, im Januar findet die zeitraubende Hausschlachtung statt, die Arbeit muß organisiert und das Personal entsprechend angewiesen werden. Damit gibt es gelegentlich Probleme, da Christiane nicht immer den rechten Ton zu treffen weiß. Zum einen kehrt sie die Hausherrin heraus, um ihre Autorität zu sichern, und kann dabei manchmal auch ziemlich laut und grob werden. Auf der anderen Seite läßt sie Vertraulichkeiten zu, denn während Goethes vielem Fernsein fühlt sie sich allein, und so gestattet sie dann wohl eine Nähe, die mit dem Beharren auf Autorität kollidiert. Nur mit den Gärtnern, mit denen sie fleißig zusammenarbeitet, gibt es offenbar keine ernsthaften Konflikte. «Mit dem Gärtner», schreibt sie 1793, «geht auch alles gut, ich habe alles wieder in Ordnung gebracht; mit Leuten, die gut sind, muß man nur vernünftig reden, so geht es alles gut.»

Doch auch die lange bei Goethe dienende Köchin Ate wird

zum Geburtstag bedacht: «Wenn sich vielleicht eine Gelegenheit fände», schreibt Christiane 1810, «wo Du mir etwas für sie schicken könntest; oder bringe ihr eine Kleinigkeit mit, vielleicht etwas in die Ohren zu hängen oder sonst eine Kleinigkeit. Sie ist zu ihrem Geburtstag verreist gewesen.» Solche Aufmerksamkeit ist gegenüber dem Dienstpersonal damals ganz und gar nicht üblich.

Und wie hält es Christiane mit dem Geld? Caroline Schlegel, von Weimars feiner Gesellschaft leider gegen Christiane eingenommen, schreibt ihrem Mann im Juni 1801 folgendes Gerücht: «Die Weimaraner behaupten, Goethens Finanzen wären in einem sehr schlechten Zustande, und zwar durch die Vulpius, die ihre Unordentlichkeit und ganze Sippschaft mit ihnen nähret. Sie hat am Tage nach G. Abreise ihren Leuten in G. besten Zimmern ein Fest gegeben, dessen *Evan Evoe* in der ganzen Gegend umher erschollen ist. O das Unkraut, die Weiber!»

Die Kosten für den Haushalt sind im Briefwechsel Goethes mit Christiane ein konstantes Thema, vor allem vonseiten Christianes. Zwischen 1806 und 1814 verursachen die Kriege, Durchmärsche und Einquartierungen plötzliche Teuerungen, auch kostet der Unterhalt eines so großen Hauses wie das am Frauenplan viel Geld, vor allem aber ist ja ein doppelter Haushalt zu führen, da Goethe oft monatelang in Jena wohnt und ihm Christiane dorthin Lebensmittel und Wein schicken muß, auch Delikatessen wie etwa «Froschkeulchen». Willkommen sind auch Cervelatwurst und Geflügel aller Art oder ein «Schöpsenbraten» (Hammel), auf gar keinen Fall aber Schweinefleisch.

Was das alles kostet, bekommt Goethe genau vorgerechnet, denn schließlich muß er oft genug Geld überweisen. Dabei ist Christiane so gewissenhaft, daß sie ihm sogar Pfandflaschen in Rechnung stellt: «Geist *(Goethes Sekretär)* soll mir», schreibt sie im September 1800, «wenn der Wagen zurückkommt, die große Schachtel schicken, die letzt mit übergekommen ist. Wein 8 Bouteillen sind das vorige Mal und itzo übergekommen. Er soll mir hübsch die leeren schicken; auch, wenn das Wasser getrunken wird, die Bouteillen aufheben, denn es kostet hier eine Glas-Bouteille 3 Groschen.» Und drei Tage später fügt sie sogar noch eine spezifizierte Aufstellung über das angefallene Leergut hinzu. Solche Bemerkungen sprechen wahrlich nicht für Verschwendung.

Am 14. Oktober 1806 endet die preußische Militärmacht auf den Schlachtfeldern von Jena und Auerstedt. Die Sieger, Napoleons Soldaten, besetzen am Abend dieses Tages Weimar. Häuser geraten in Brand, Wohnungen werden geplündert, Menschen mißhandelt. Goethe hat bei alledem Glück: Sein Haus ist als Quartier für den Marschall Ney ausersehen. Aber der läßt sich mit dem Eintreffen Zeit. Zuerst kommen elsässische Soldaten, sie sind todmüde, verzehren nur wenig und legen sich schlafen. Später in der Nacht erscheinen Marodeure, die sich Zutritt erzwingen. Auch sie werden versorgt, verhalten sich zunächst ruhig, wünschen aber den Hausherrn zu sprechen, der sich schon zum Schlafen zurückgezogen hat. Goethe kommt, er trägt seinen berühmten flanellenen Schlafrock, scherzhaft «Prophetenmantel» genannt, trinkt Wein mit den Soldaten, stößt mit ihnen an. Denkbar, daß die Infanteristen auf das Wohl ihres Kaisers trinken wollen; ihnen Bescheid zu tun, dürfte Goethe nicht schwerfallen, ist er doch ein Bewunderer Napoleons. Was dann genauer geschieht, wissen wir nicht. Der einzige Bericht über die Vorgänge stammt von Riemer, aber der ist schon gegangen, berichtet also nachträglich vom Hörensagen.

Irgendwann und irgendwie sollen die inzwischen betrunkenen Marodeure Goethe in sein Zimmer gefolgt und ihn dort bedrängt haben, aber die beherzte Christiane soll Hilfe geholt und selber mutig die beiden Männer aus dem Zimmer gedrängt haben, das dann von Goethe verriegelt worden sei. Christiane habe sich «dazwischen geworfen» lesen wir überall, obwohl genau das in Riemers Bericht nicht steht. Das ist ebenso unerheblich wie der Umstand, sie habe die prekäre

Situation gemeistert, obwohl sie nicht französisch gesprochen habe. Nun, die sehr resolute und kräftige Christiane bedurfte in dieser Lage nicht des Französischen, ihre Körpersprache allein wird die Soldaten beeindruckt haben, die trotz ihres alkoholisierten Zustands sehr wohl verstehen, daß diese Frau auch Gewalt nicht scheuen würde, um den Geliebten zu schützen. Furchtlosigkeit ist oft der beste Schutz vor Gewalttätigen, und allein die Vorstellung, die Marodeure könnten es wagen, sich am Liebsten ihres Lebens zu vergreifen, macht sie zur Tigerin, die ihre Jungen bedroht sieht. So ziehen sich die Soldaten, zahm geworden, zurück, um in dem für Marschall Ney reservierten Zimmer ihren Rausch auszuschlafen. Als der dann am nächsten Morgen endlich eintrifft, befördert sein Gefolge die unerwünschten Gäste unsanft aus dem Haus. Von nun an steht eine Wache am Frauenplan.

Christianes tapferes Eingreifen muß Goethe tief bewegt haben. Es ist wahrscheinlich, daß er schon länger darüber nachgedacht haben wird, ihrem Lebensbund den Status einer kirchlich eingesegneten Ehe zu geben. Das Geschehen in der Nacht vom 14. auf den 15. Oktober bestätigt ihn in seinem Entschluß. Am 17. Oktober schreibt er an den Konsistorialrat Wilhelm Christian Günther:

«Dieser Tage und Nächte ist ein alter Vorsatz bei mir zur Reife gekommen; ich will meine kleine Freundin, die so viel an mir getan und auch diese Stunden der Prüfung mit mir durchlebte, völlig und bürgerlich anerkennen als die Meine. Sagen Sie mir, würdiger geistlicher Herr und Vater, wie es anzufangen ist, daß wir sobald möglich, Sonntag oder vorher getraut werden. Was sind deshalb für Schritte zu tun? Könnten Sie die Handlung nicht selbst verrichten, ich wünschte, daß sie in der Sakristei der Stadtkirche geschähe. Geben Sie dem Boten, wenn er Sie trifft, gleich Antwort. Bitte!»

Am Abend des 18. Oktober, Freunde sind gekommen, dankt Goethe in ihrem Beisein Christiane «für ihre Treue in diesen unruhigen Tagen» und endet mit den Worten: «So Gott will, sind wir morgen Mittag Mann und Frau.»

Die Trauung findet am darauffolgenden Tag, einem Sonntag, in aller Stille in der Sakristei von St. Jacob statt; leider wissen wir nicht, unter welchen Bibeltext Konsistorialrat Günther die Einsegnung gestellt hat. Nikolaus Meyer in Bremen wird schon am nächsten Tag von Goethe unterrichtet:

«Wir leben! Unser Haus blieb von Plünderung und Brand wie durch ein Wunder verschont. (...) Um diese traurigen Tage durch eine Festlichkeit zu erheitern, haben ich und meine kleine Hausfreundin gestern als am 20. Sonntag nach Trinitatis den Entschluß gefaßt, in den Stand der heiligen Ehe ganz förmlich einzutreten; mit welcher Notification ich Sie ersuche, uns von Butter und sonstigen transportablen Victualien manches zukommen zu lassen.»

Die Bitte um Lebensmittel ist in diesen schlimmen Tagen nur zu verständlich. Im geplünderten Weimar, durch das immer neue französische Verbände ziehen, sind die Victualien knapp geworden. Gewiß, Goethes Haus ist mit dem Schrecken davongekommen, aber es dient der Generalität als Quartier; die Marschälle Augereau, Lannes und Ney und der General Victor übernachten hier, und zu ihrem Gefolge zählen Adjutanten und Stabsoffiziere. Bis zu 28 Schlafplätze müssen gestellt werden, dazu eine anspruchsvolle Beköstigung und Unmengen von Wein. Viel Arbeit für Christiane.

Goethe hat in die Trauringe das Datum des 14. Oktober gravieren lassen. «Sie ist immer meine Frau gewesen», läßt er jeden wissen. Und um Christianes neuen Status als die «Frau Geheimerätin» in der Öffentlichkeit zu demonstrieren, besucht er bereits am Tag nach der Trauung den Salon von Johanna Schopenhauer. Die Kaufmannswitwe lebt erst seit Mai 1806 in Weimar und hat sich sehr darum bemüht, Goethe als Gast ihrer Soireen zu gewinnen, denn Goethes Anwesenheit verleiht einem solchen Salon erst die richtige Weihe. Am Montagabend also findet Christianes Einführung als Frau von Goethe in die Gesellschaft statt, was Johanna Schopenhauer ihrem Sohn Arthur so beschreibt:

«Goethe hat sich Sonntag mit seiner alten geliebten Vulpius, der Mutter seines Sohnes, trauen lassen, er hat gesagt, in Friedenszeiten könne man die Gesetze wohl vorbeigehen, in Zeiten wie die unsern müsse man sie ehren. Den Tag drauf schickte er Dr. Riemer, den Hofmeister seines Sohnes, zu mir, um zu hören, wie es mir ginge, denselben Abend ließ er sich bei mir melden und stellte mir seine Frau vor; ich empfing sie, als ob ich nicht wüßte, wer sie vorher gewesen wäre, ich denke, wenn Goethe ihr seinen Namen gibt, können wir ihr wohl eine Tasse Tee geben. Ich sah deutlich, wie sehr mein Benehmen ihn freute; es waren noch einige Damen bei mir, die erst formell und steif waren und hernach meinem Beispiel folgten. Goethe blieb fast zwei Stunden, und war so gesprächig und freundlich, wie man ihn seit Jahren nicht gesehen hat. Er hat sie noch zu niemand als zu mir in Person geführt. Als Fremden und Großstädterin traut er mir zu, daß ich die Frau so nehmen werde, als sie genommen werden muß; sie war in der Tat sehr verlegen, aber ich half ihr bald durch. In meiner Lage und bei dem Ansehen und der Liebe, die ich mir hier in kurzer Zeit erworben habe, kann ich ihr das gesellschaftliche Leben sehr erleichtern.»

Ein Besucher des Schopenhauerschen Salons erinnert sich später: «In der Gesellschaft im Hause der Frau Hofrätin Schopenhauer, von welcher wir mit vieler Güte empfangen wurden, hatten wir das Vergnügen, Bertuch, Vater und Sohn, Riemer, Falk, Fernow, Stephan Schütze u. m. und einige Damen zu finden. Zum erstenmale erschien die Frau Geheimrätin v. Goethe darin: eine Frau von noch vielem materiellen Reiz, an welcher man Gutmütigkeit und einen stets gleich heitern Sinn rühmte, wie dies mit Temperamenten der Art gewöhnlich verbunden ist.»

Goethe hat Johanna Schopenhauers Entgegenkommen nie vergessen. Andere sind da weniger nobel. Charlotte v. Schiller findet die Trauung in den Tagen der Not geschmacklos («ich habe nicht Glück wünschen können wie andere») und Charlotte von Stein nörgelt: «Angenehm ist es mir freilich nicht, in der Gesellschaft zu sein, indessen da er das Creaturchen sehr liebt, so kann ich es ihm wohl einmal zu Gefallen tun.» Und tatsächlich begegnet sie Christiane von nun an hin und wieder im Goethehaus bei geselligen Anlässen.

Die Augsburger *Allgemeine Zeitung* kommentiert die Eheschließung in ihrer Ausgabe vom 24. November mit den Worten: «Goethe ließ sich unter dem Kanonendonner der Schlacht mit seiner vieljährigen Haushälterin Dlle. Vulpius trauen und so zog sie allein einen Treffer, während viele Tausend Nieten fielen. Nur der Ununterrichtete kann darüber lächeln. Es war sehr brav vom Goethe, der nichts auf gewöhnlichem Wege tut.» Den Betroffenen verbittert es, daß eine solche Niederträchtigkeit ausgerechnet in einem Blatt erscheint, das sein eigener Verleger erscheinen läßt, und er schreibt an Cotta: «Ich bin nicht vornehm genug, daß meine häuslichen Verhältnisse einen Zeitungsartikel verdienten; soll aber was davon erwähnt werden, so glaube ich, daß mein Vaterland mir schuldig ist, die Schritte, die ich tue, ernsthaft zu nehmen: denn ich habe ein ernstes Leben geführt und führe es noch.»

Immer wieder wird die Frage gestellt, warum Goethe erst jetzt, nach einer achtzehn Jahre währenden Lebensgemeinschaft mit Christiane, geheiratet habe? Das läßt sich mit wenigen Sätzen beantworten. August, der Sohn, nun bald 17 Jahre alt, ist zwar vom Herzog legitimiert worden, aber er bleibt deswegen doch der Sohn der «Demoiselle Vulpius», behaftet mit dem Makel der Illegitimität. Eine Heirat der Eltern befestigt seinen Status endgültig als Herr von Goethe und wird ihm für sein künftiges berufliches Fortkommen von Nutzen sein. Christiane, seit 1788 mit Niederträchtigkeiten überhäuft, bekommt gleichfalls einen gesicherten bürgerlichen Status, der sie zwar nicht beliebter macht und auch in der Weimarer Gesellschaft nicht ihr Ansehen hebt, sie aber als «Frau von Goethe», als «Geheimerätin» unangreifbar erscheinen läßt. In jungen Jahren wäre das nicht möglich gewesen, Goethe hätte seine Stellung am Hof damit unmöglich gemacht, aber in den 18 Jahren ihrer Lebensgemeinschaft hatte sich Christiane doch wenigstens in ihrem Haushalt Autorität erwerben können, sie war sicherer, gelassener, selbstbewußter geworden. Jetzt konnte sie Goethes Namen tragen, der ihr in jungen Jahren eine Last geworden wäre. Und schließlich wollte Goethe der Frau, die ihn in der Nacht vom 14. zum 15. Oktober so tapfer geschützt hatte, vor aller Welt seine Dankbarkeit und Anerkennung bezeugen. Im Leben der beiden selbst und in ihrer Beziehung zueinander veränderte sich durch die Trauung gar nichts. Die fruchtlosen Bemühungen der Weimarer Gesellschaft, Goethe doch noch zu einer standesgemäßen, seiner «würdigen» Ehe zu verhelfen und damit Christiane gezielt zu provozieren und zu ängstigen, hörten nun auf. «Meine kleine Frau» wird künftig Goethes Benennung lauten. Damit war nicht nur Christianes Körpergröße gemeint, das Wort ist ein Ausdruck von Zärtlichkeit gegenüber der ihm sozial Unterlegenen, die aber die Liebe ihm gleichgestellt hatte.

Als Ehefrau des «Hätschelhans» präsentiert sich Christiane im März 1807 in Frankfurt der Frau Aja. Sorgen um den Paß gibt es nun nicht mehr, und um die Aufnahme bei der «Frau Rat» muß es Christiane nicht bange sein, sie kannten ja einander seit dem ersten Besuch (1797), und Frau Aja hatte schon am 27. Oktober 1806 den Sohn zur Eheschließung in ihrer so farbigen Schreibweise beglückwünscht:

«Zu deinem neuen Stand wünsche dir allen Seegen – alles Heil – alles Wohlergehen – da hast du nach meines Hertzens wunsch gehandelt – Gott! Erhalte Euch! Meinen Seegen habt Ihr hiemit in vollem Maas – der Mutter Seegen erhält den Kindern die Häußer – wenn sie schon vor den jetzigen Augenblick nichts weiter in diesen Hochbeinigen erbärmlichen Zeiten thun kan. Aber nur Gedult die Wechsel Briefe die ich von unserm Gott erhalten habe – werden so gewiß bezahlt als jetzt/: da ich dieses schreibe:/ die Sonne scheint, darauf verlaßt Euch – Ihr solt mit Eurem theil zufrieden seyn – das schwöre ich Euch. Grüße meine Liebe Tochter hertzlich –

sage Ihr, daß ich Sie Liebe – schätze – verehre – daß ich Ihr selbst würde geschrieben haben, wen wir nicht in einem beständigen Wirrwel lebten –»

Anders als 1797 stehen Christiane jetzt nicht nur drei Tage, sondern drei Wochen zur Verfügung. Sie ist gerade eine Woche aus Weimar fort, da greift der Ehemann zur Feder:

«Auf die Erzählung des Vergangenen freue ich mich. Zum Schreiben mag sich unter den gegenwärtigen Umständen wenig Zeit finden. Dagegen will ich mit meinen Nachrichten etwas umständlicher sein. Denn ich halte dafür, wenn man lange auseinanderbleibt, so soll man sich wechselseitig um das Detail des Lebens nicht bekümmern. Hofft man sich aber bald wiederzusehen, so ist es gut, nicht aus dem Zusammenhange zu kommen.

Zuerst also muß zum Lobe der Köchin gesagt werden, daß sie ihre Sachen vortrefflich macht, gute Ware ankauft und sie mit Sorgfalt zubereitet, sodaß wir es uns jeden Mittag können wohlschmecken lassen. Am Grünen Donnerstag hatten wir uns Kohlsprossen bestellt und Honig zum Nachtisch, um dieses Fest recht würdig zu feiern. August hatte selbst Eier rot und hart gesotten. Da die Fastenbrezeln alle sind, so bäckt die Köchin allerlei Torten und Kuchen, die ihr nicht übel geraten. Ein Truthahn ist abgeschlachtet, und andre gute Dinge sind im Vorrat.

Mit dem Keller geht es sehr ordentlich. Der Gnome pflegt mich genau zu beobachten, ob ich etwa mich um ein Nößel *(= 0,46 Ltr)* irren möchte; und so wirst Du die Tabellen mit dem Vorrat übereinstimmend finden.»

Soll heißen: Die Frau Geheimerätin darf sich unbesorgt in Frankfurt verlustieren, kümmert sich doch ihr Ehemann so gründlich um das Hauswesen, was Goethe allerdings zeitlebens auch ein rechtes Herzensbedürfnis gewesen ist.

Am 12. April ist Christiane vergnügt zurück und voller Erzählfreude. «Sie können leicht denken, werteste Freundin», schreibt Goethe am 17. April an Esther Stock in Frankfurt, «daß seit dem 12. dieses, als dem Tage, wo meine kleine

Frau zurückkam, Frankfurt unser beständiges Gespräch gewesen, und daß es mir fast zu Mute ist, als käme ich selbst daher. Haben Sie tausend Dank für alles Gute und Freundliche, das Sie der Reisenden erzeigen wollen, für die eine lebhafte Erinnerung jener heitern Stunden ein kostbarer Schatz für die Zukunft bleiben wird.»

Das dürfte angesichts des herzlichen Empfangs, der Christiane in Frankfurt zuteil geworden war, keine höfliche Phrase gewesen sein, denn an eben diesem 17. April stellt Frau Aja der Schwiegertochter ein Zeugnis aus, wie es schöner Christiane nie empfangen hat:

«Du kanst Gott dancken! So ein Liebes – herrliches unverdorbenes Gottes Geschöpf findet mann sehr selten – wie beruhigt bin ich jetzt /: da ich Sie genau kenne :/ über *alles* was dich angeht – und was mir unaussprechlich wohl tat, war, daß alle Menschen – alle meine Bekandten Sie liebten – es war eine solche Hertzlichkeit unter ihnen – die nach 10Jähriger Bekandtschaft nicht inniger hätte seyn können – mit einem Wort es war ein glücklicher Gedancke Sich mir und allen meinen Freunden zu zeigen *alle* vereinigen sich mit mir dich glücklich zu preißen – und wünschen Euch Leben – Gesundheit – und alles gute was Euch vergnügt und froh machen kan Amen.»

Es ist die letzte Begegnung mit Frau Aja gewesen, denn Catharina Elisabeth Goethe, geborene Textor, starb am 13. September 1808. Noch einmal fährt Christiane nach Frankfurt. Goethe, dem alles, was mit Sterben und Tod zusammenhängt, aufs äußerste verhaßt ist, will nichts mit der Regulierung der Erbschaft zu tun haben. Er beauftragt damit Christiane, was ihren Fähigkeiten eine hervorragende Beglaubigung ausspricht, und tatsächlich erledigt Christiane den Auftrag zu seiner Zufriedenheit. Dafür gibt es auch ein unverdächtiges Zeugnis. Henriette Schlosser, Tochter von Goethes Schwager aus dessen zweiter Ehe, schreibt in einem Brief über Christiane: «Sie betrug sich liberal und schön bei der Teilung, bei der sie sich doch gewiß verraten hätte, wenn

Unreines in ihr wäre. Es freut uns alle, sie zu kennen, um über sie nach Verdienst zu urteilen und sie bei andern verteidigen zu können, da ihr unerhört viel Unrecht geschieht.»

Auf dieser Reise wird Christiane erstmals von ihrer Gesellschafterin Caroline Ulrich begleitet, achtzehn Jahre alt, die ihr vielfältig zur Seite steht, was Christiane vor allem bei dem ihr mühsamen Briefschreiben zu schätzen weiß, wovon später noch zu sprechen sein wird. Dies und auch der tägliche Beistand Carolines für die so oft von ihrem Ehemann Alleingelassene werden nun für Christiane fast unentbehrlich, zumal ihre Schwester Ernestine und ihre Tante Juliane Anfang 1806 verstorben waren. Da die «Geheimerätin» in ihrer neuen Position auch Gesellschaften auszurichten hat, ist sie dankbar, von der so klugen wie taktvollen Caroline, die sich bald als wahre Freundin erweist, unterstützt zu werden.

«Denke Dir nur, wer alles bei uns ist», schreibt sie Ende 1808 an August, der inzwischen in Heidelberg studiert, «ein Herr von Kügelgen, der Deinen Vater malt, der Doktor Meyer, Herr von Humboldt, Werner, Arnim und noch mehrere Fremde. Dazu habe ich müssen achtzehn vornehmen Damen Visiten machen. Wir hatten einen Tee von dreißig Personen, alle Damen, die Du kennst, Frau von Wolzogen, Stein, Schiller und mehrere.»

Christiane muß eine vorbildliche Gastgeberin gewesen sein, denn es ist leicht vorstellbar, daß alle Damen – unter ihnen die Erzfeindinnen Schiller und Stein – schon den geringsten Fauxpas dankbar zum Anlaß genommen hätten, alle liebgewordenen Vorurteile aufzufrischen. Aber Christiane («ich habe die Schillern und Wolzogen recht lieb gewonnen»), ob sie nun eingeladen wird oder selber einlädt, gibt sich keine Blöße. Und so wäre denn vielleicht auch Ruhe eingekehrt unter den flinken scharfen Zungen, hätte es nicht plötzlich einen Skandal gegeben, der ganz Weimar in Atem hielt.

Als Goethe mit der Arbeit an *Dichtung und Wahrheit* begann, brauchte er Auskünfte über seine Kindheit. Da die

Mutter nicht mehr lebte, erinnerte er sich an Bettine Brentano, für deren Mutter Maximiliane er in jungen Jahren geschwärmt hatte. Zwischen Bettine und Goethe waren schon früher Briefe gewechselt worden, aber erst 1810 bat er sie, ihm alles mitzuteilen, was sie in den letzten Lebensjahren der Frau Aja von dieser über seine Kindheit gehört hatte. Die Korrespondenz mit Bettine, die übrigens den Meister ganz unbefangen duzte, scheint Christiane nicht ohne Eifersucht betrachtet zu haben, denn Goethe schreibt ihr im Mai 1807: «Der Mutter Brief hat mich weit mehr erbaut als der Brief von Bettinen. Diese wenigen Zeilen haben ihr mehr bei mir geschadet, als Deine und Wielands Afterreden. Wie das zusammenhängt auszulegen, dazu würde ich viele Worte brauchen.» Bettine, die jene Animosität geahnt haben mochte, verhielt sich geschickt: Sie sandte zu Ostern und zu Weihnachten Geschenkpakete, in denen sich auch Christiane sehr aufmerksam bedacht fand, die freilich ihren Dank von Goethe aussprechen ließ.

Es war nicht zu verkennen, daß Bettine zu den Äugelchen (Christiane schreibt nach ihrer Mundart immer «Äuglichen») gehörte und so ganz wie zufällig 1810 in Karlsbad erschien, als sich der Geheimerat dort zur Kur aufhielt, was die Weimarer Nachrichtenbörse denn auch wie zufällig Christiane zutrug. Und die griff zur Feder: «Ist denn die Bettine in Karlsbad angekommen und die Frau von Eybenberg? Und hier sagt man, die Silvie und Gottern gingen auch hin. Was willst Du denn mit allen Äuglichen anfangen? Das wird zu viel. Vergiß nur nicht ganz Dein ältstes, mich, ich bitte Dich, denke doch auch zuweilen an mich. Ich will indes fest auf Dich vertrauen, man mag sagen, was man will. Denn Du bist es doch allein, der meiner gedenkt.»

Darauf durfte sich Christiane gewiß verlassen, und es erscheint uns heute nicht ohne unbewußten Hintersinn, daß sie in ihrer eigenwilligen Orthographie den Namen Bettine als «bediene» schreibt. Nein, hatte Goethe zunächst geschrieben, von Bettine habe er nichts gehört. Christiane, die dem Frieden der Äugelchen nicht traute, erkundigte sich fünf Wochen später, ob denn Bettine immer noch nicht da sei. Dann, Goethe hielt sich nun schon seit vier Monaten zur Kur auf, die Nachricht aus Teplitz: «Ich war eben in ein neues Quartier gezogen und saß ganz ruhig auf meinem Zimmer. Da geht die Türe auf, und ein Frauenzimmer kommt herein. Ich denke, es hat sich jemand von unsern Mitbewohnern verirrt; aber siehe, es ist Bettine, die auf mich zugesprungen kommt und noch völlig ist, wie wir sie gekannt haben. Sie geht mit Savignys nach Berlin und kommt mit diesen auf dem Wege von Prag her hier durch. Morgen gehen sie wieder weg. Sie hat mir Unendliches erzählt von alten und neuen Abenteuern. Am Ende geht es denn doch wohl auf eine Heirat mit Arnim aus.»

Das klang beschönigend, denn mit einer Heirat würde Bettine unter den Äugelchen ins zweite Glied rücken müssen. Aber ach, es kam doch anders, und damit begeben wir uns jetzt ins Jahr 1811.

Die frischverheirateten Achim und Bettine von Arnim sind seit dem 25. August in Weimar, sprechen häufig am Frauenplan vor, sind Gäste zu Tisch. Christiane findet sich in ihrem Mißtrauen bestätigt. Die sechsundzwanzigjährige Bettine kehrt Vertraulichkeit mit Goethe heraus, der für seine Autobiographie ihrer Auskünfte bedarf. Es ist keine Frage, daß sie Christiane wenig beachtet, vielleicht auch ein wenig die intellektuelle Überheblichkeit herauskehrt. Nun sind die zahlreichen Karlsbader und Teplitzer Äugelchen für Christiane ziemlich uninteressant, denn sie gehören nun einmal zur Saison und bleiben nicht länger. Aber jetzt erscheint ein von Anfang an mißtrauisch beäugtes Äugelchen im eigenen Haus, spielt sich auf als Goethes Vertraute und möchte Christiane für dumm verkaufen. Muß sie das hinnehmen, nach all den Jahren bitterer Demütigungen durch andere, sich geistig überlegen dünkende Frauen?

Am 13. September, einem Freitag, besuchen Christiane und Bettine gemeinsam eine Ausstellung, auf der es Werke vom guten «Kunscht-Meyer» zu sehen gibt. Ein bedeutender

Maler ist Meyer nie gewesen, sein Christiane und den kleinen August darstellendes Aquarell ist ihm sichtbar mißraten, aber er ist doch ein redlicher Handwerker. Bettine, das Großstadtkind, kann nun so recht ihren Kunstverstand und ihre intellektuelle Überlegenheit ausspielen, und es ist leicht vorstellbar, wie sie in aller Öffentlichkeit den biederen Künstler herunterputzt. Christiane versteht nichts von Kunst, und es mag ja sein, daß Bettine recht hat, aber für Christiane zählt nicht der Künstler Meyer, sondern jener Johann Heinrich Meyer, der nicht nur Goethes, sondern auch Christianes Freund ist und der zu ihr gehalten hat, als sie nur von Feinden umgeben war. Es ist so leicht nachzufühlen, wie schon nach wenigen spitzen Bemerkungen Bettines Christiane der Kragen platzt und sie recht laut wird. Was im einzelnen passiert ist, wissen wir nicht unmittelbar, es gibt von anderen, die nicht dabei waren, ausgiebig Klatsch. Vielleicht hat ja tatsächlich Bettine zu Christiane «Sie wahnsinnige Blutwurst» gesagt, hat vielleicht wirklich die kräftige Christiane dem verhaßten Äugelchen mit einer Maulschelle die Brille von der Nase geschlagen und auf dem Boden zertreten und was man sonst noch variantenreich erzählte: Jedenfalls verläßt Christiane unter lautstarkem Schimpfen die Ausstellung, und der herbeigeeilte Achim von Arnim findet seine Ehefrau «bleich und zitternd zwischen einer Menge Unbekannten». Und Charlotte von Schiller, im Nachrichtengeschäft der Stadt stets zu den wohlinformierten Kreisen zählend, berichtet: «Die ganze Stadt ist in Aufruhr, und alles erdichtet oder hört Geschichten über den Streit mit Arnims.»

Goethe, der sofort begreift, was da in Christiane vorgegangen sein muß und dem es gleichfalls nicht recht sein kann, seinen Freund Meyer gekränkt zu wissen (schließlich ist Meyer durch ihn 1807 Direktor der Weimarer Zeichenschule geworden), handelt augenblicklich: Er verbietet den Arnims sein Haus, denen daraufhin nur noch die Abreise übrigbleibt. Ein Schreiben Arnims an Goethe wird keiner Antwort gewürdigt. Für Goethe zählt einzig die von Bettine gewiß bewußt versuchte Demütigung seiner Frau in der Öffentlichkeit, denn auch Goethe erinnert sich nur zu gut, was Christiane zwischen 1788 und 1806 angetan worden ist.

Weimars Frauenwelt ist überglücklich. Goethes «dicke Hälfte» (Charlotte von Schiller), die «Frau Gemeinerätin» (Pauline Gotter) hatte sich mal wieder so benommen, wie man es ihr stets nachgesagt hatte, und Marie von Kügelgen im fernen Dresden setzt ein Jahr später auf den Schelmen noch anderthalbe: Bettine habe «in ganz Weimar erzählt, es wäre eine Blutwurst toll geworden und hätte sie gebissen». Die unerläßliche Pointe: «Und wirklich soll die Goethe keinem Ding so ähnlich sehen als einer Blutwurst.» Goethe, so klagt Achim von Arnim bei Wilhelm Grimm, sei «durch die Frau von allen rechtlichen Menschen in Weimar abgeschnitten», und damit spricht er genau das aus, was Weimars feine Gesellschaft schon seit 23 Jahren zu behaupten nicht müde geworden ist. Goethe aber bleibt konsequent. Als er den Arnims ein Jahr später beim Kuraufenthalt in Teplitz begegnet, schreibt er Christiane nur den einen Satz: «Von Arnims nehme ich nicht die mindeste Notiz, ich bin sehr froh, daß ich die Tollhäusler los bin.»

Für gewöhnlich aber nimmt es mit den Äugelchen nicht ein so schlimmes Ende, im Gegenteil, man hat beim Lesen der zwischen Goethe und Christiane gewechselten Briefe immer wieder den Eindruck, als bedürften beide dieses harmlosen Liebäugelns, um einander zu versichern, daß sie sich so recht von Herzen lieben. Schon im Sommer 1793 bekommt Goethe im Feldlager vor Mainz die Ermahnung: «Leb wohl und denke an Dein Christelchen, das Dich recht zärtlich liebt, und mache nicht so viel Äuglichen.» Umgekehrt berichtet zehn Jahre später Christiane freimütig von ihrem Badeaufenthalt in Bad Lauchstädt: «Morgen frühe gebe ich meinen guten Freundinnen eine Chocolade in der Allee. Da werden freilich auch einige Äuglichen sich mit einschleichen.» Auch schwärmt sie von einem «recht artigen Menschen aus Breslau», der sei «so ein Äuglichen von der ganz jungen Art».

Worauf Goethe antwortet: «Mit den Äugelchen geht es, merke ich, ein wenig stark, nimm Dich nur in acht, daß keine Augen daraus werden.» Aber da braucht er nun wirklich nichts zu befürchten: «Denn hier unter allen denen ist kein Mann wie Du; wenn man sie näher kennt, kann man sie alle nicht achten.»

Nur einmal wird eine Verstimmung verzeichnet. Bei einem Besuch Christianes in Jena im Mai 1810 vermerkt Riemer ihr «eifersüchtiges Weinen», als sie mit Goethe bei Knebels ist; sie sei auch beim Nachhausekommen «ohne Anteil» geblieben. Und auch am nächsten Tag erlebt Riemer «Verdrießlichkeiten aus Eifersucht». Einen unmittelbaren Anlaß kennen wir nicht. Galt die Eifersucht etwa Wilhelmine Herzlieb oder Sylvie von Ziegesar, die Goethe vielleicht zur Figur der Ottilie in den *Wahlverwandtschaften* inspiriert haben mochten? Freilich, die eigentliche Zeit als Äugelchen lag schon ein wenig zurück. Immerhin aber hat Goethe 1812 Christiane gestanden, Minchen Herzlieb einmal «mehr als billig» geliebt zu haben. Aber er wußte doch auch genau, wo die Grenze zu ziehen sei.

Er hat dem Thema der ehelichen Treue 1810 ein ironisch-verspieltes Gedicht gewidmet, betitelt *Das Tagebuch.* Der Stoff geht auf ältere literarische Vorlagen zurück, und es ist ganz müßig, sich hier wegen möglicher autobiographischer Erlebnisse Gedanken zu machen, denn deren bedurfte es nicht. Ein Kaufmann, auf der Heimreise begriffen, steigt in einem Gasthaus ab und bekommt Lust auf ein erotisches Abenteuer mit einer blutjungen Kellnerin. Sie ist, wenngleich unerfahren, durchaus willig, hingegen ist es nicht des Kaufmanns «Meister Iste», welch lateinisches Pronomen «dieser andere da» bedeutet, denn der, so reimt Goethe belustigt, «hat nun seine Grillen / Und läßt sich nicht befehlen noch verachten. / Auf einmal ist er da und ganz im Stillen / Erhebt er sich zu allen seinen Prachten». Doch eben dies tut er gerade jetzt nicht: «Verfluchter Knecht, wie unerwecklich liegst Du! / Und deinen Herrn ums schönste Glück betriegst du.» Und also wird nichts aus dem ersehnten Abenteuer, und der Leser wird zum erbaulichen Ende beschieden:

Und weil zuletzt bei jeder Dichtungsweise
Moralien uns ernstlich fördern sollen;
So will auch ich in so beliebtem Gleise
Euch gern bekennen was die Verse wollen:
Wir stolpern wohl auf unsrer Lebensreise,
Und doch vermögen in der Welt, der tollen,
Zwei Hebel viel aufs irdische Getriebe:
Sehr viel die Pflicht, unendlich mehr die Liebe.

Denn der Gedanke an jene, der «er sich in Jugendlust vermählet» und die ihm immer noch «die Liebste» heißt, hat ihn in jener Nacht unvermögend gemacht.

Gute 150 Jahre lang ist dieses hochmoralische Gedicht ganz unbegreiflich als «obszön» eingestuft worden und gelangte erst 1914 in die wissenschaftliche Gesamtausgabe. Die Darstellung männlicher Impotenz in der höheren Literatur – bis zur Entstehung von Goethes Gedicht eher ein Thema für erotische Schwänke – hat vielen Germanisten offenbar ernsthafte Schwierigkeiten bereitet. Als Liebeserklärung an Christiane mochten sie es nicht interpretieren.

Wir sind gewohnt, in Christiane zuvörderst immer die vitale, ungebrochene Natur zu sehen, die kraftvolle und fröhliche Persönlichkeit, wie geschaffen, den oft kranken, noch mehr aber hypochondrischen Goethe aufzuheitern und zu umsorgen. Aber dieses schöne Bild bedarf der Korrektur. Dem Freunde Nikolaus Meyer in Bremen gesteht sie 1802: «Schon längst hätte ich Ihnen, mein lieber Freund, einige Zeilen schreiben sollen, aber seit 4 Wochen befinde ich mich so übel, daß mir alle Lust zum Leben vergeht, und das Schreiben mir ganz unmöglich ist. Der Geh. Rat war in Jena und jetzo ist er wieder in Lauchstädt. Der gute Mann betrübt sich sehr wegen meiner Gesundheit, ich gebrauche immer Dr. Starke, entweder wird es besser, oder man geht sachte zur

Ruh, wo es doch am besten ist. (...) Ich kann mir jetzo recht gut vorstellen, wie Ihnen zumute war, als Sie krank waren, nun geht es mir ebenso, alles ist mir verhaßt, und doch fehlt mir eigentlich nichts, ich habe alles, was ich nur wünsche, es geht aber nichts auf dieser Welt über Gesundheit und frohen Mut, wenn man das nicht hat, so ist das ganze Leben nichts. Schreiben Sie mir nur oft, und wenn Sie schreiben, erwähnen Sie nichts von meiner Krankheit, denn ich weiß nicht, ob es recht sein könnte, daß ich davon geschrieben habe.»

Sie ist es gewohnt, die Gesunde und Fröhliche zu sein, deren Goethe bedarf, da mag sie sich ihre depressive Stimmung nicht eingestehen oder sie, wie ein Geheimnis, nur dem Freund anvertrauen. Sie schreibt diesen Brief am 20. Mai, am 16. Dezember bringt sie ihr letztes Kind, Kathinka, zur Welt, das nach drei Tagen stirbt. Vielleicht ist es die Ahnung, wieder ein nicht lebensfähiges Kind auszutragen, die sie jetzt an den Tod denken läßt.

Obwohl ihr Briefwechsel mit Goethe nur fragmentarisch erhalten ist, fällt doch auf, wie oft sie krank ist. Es entspricht ihrem Wesen, in den Briefen an Goethe das Kranksein humorvoll herunterzuspielen, so wenn sie 1799 schreibt: «Ich bin so vollblütig, und da geht mir immer alles nach dem Kopfe.» Oder: «Ich kenn meine Natur schon: ich bin gleich sehr krank, aber es vergeht auch bald wieder.» Goethe nimmt das nicht so leicht, er bittet sie wiederholt, einen Arzt aufzusuchen, und geht überhaupt stets liebevoll auf ihr Befinden ein. Sie gebraucht die Bäder in Lauchstädt und Berka, sie macht Trinkkuren mit Selters- und Egerwasser. Der zu Rate gezogene Dr. Christian Kapp diagnostiziert 1808, als sie sich über Wochen hin elend fühlt, «außer der Schlaffheit des Darmkanals auch noch eine Schlaffheit der Blutgefäße des Unterleibs». Neben einigen Medikamenten empfiehlt er: «Die Frau Geheime-Rat muß sich viel Bewegung zu Fuß machen und alle fette und blähende Speisen vermeiden. Zum Getränke wäre roter Wein mit Wasser am zuträglichsten.» Auch 1810 klagt Christiane wieder über depressive Stimmungen: «Ich fühle mich nicht mehr so stark wie sonst, Freude und Leid zu ertragen.»

Am 9. Januar 1815 scheint sie, nach Goethes Andeutungen, einen leichten Schlaganfall erlitten zu haben, von dessen Folgen sie sich im März noch nicht wieder erholt hatte. Wie ernst es um sie gestanden haben muß, geht aus einem Brief Goethes vom 3. April an den befreundeten Johann Jakob von Willemer hervor: «Ich habe viel gelitten, meine gute Frau war zwei Querfinger vom Tode. Jetzt ist sie wieder auf den Beinen.» Er schickt Christiane für zwei Monate zur Kur nach Karlsbad und Eger.

Fröhlich und erholt kommt sie zurück, nimmt die gewohnte Arbeit in Haus und Garten wieder auf. «Dein Garten steht gegenwärtig in seiner größten Pracht», schreibt sie am 18. Mai 1816 an Goethe, «und es macht wirklich verdrüßlich, daß die üble Witterung so wenig im Freien zu sein erlaubt. Die Äpfelbäume blühen in höchster Fülle, es steht Blüte an Blüte, die Rabatten vor Deinen Fenstern schmücken die schönsten gefüllten Tulipanen, deren schöne Farben die stolzen Kaiserkronen verdunkeln, und trotz der geringen Wärme und den kühlen Nächten reift doch alles der Vollkommenheit entgegen. Möge Dich die schöne Blüte in Jena für diese Entbehrung reichlichst entschädigen.»

Es ist, als wolle sie sich mit diesem Blick auf ihren geliebten Wirkungsbereich von der Welt verabschieden. Als der Brief in Jena eintrifft, kommt auch die Nachricht, daß Christiane erneut einen leichten Schlaganfall erlitten hat. Aber ihr Zustand ist nicht bedrohlich, und sie kann den «lieben Geheimerat» persönlich am 22. Mai beruhigen: «Gegenwärtig befinde ich mich ziemlich wohl, der Kopf ist mir sehr leicht, alle Sinne sind frei und heiter, und nirgends ist mehr ein Druck oder betäubende Schwere zu bemerken.» Eine schreckliche Täuschung. Am 29. Mai erkrankt sie so schwer, daß Goethe sofort nach Weimar zurückkehrt.

Helfen kann er nicht, denn er wird selber von einem

heftigen Fieber ins Bett gezwungen. Aber helfen können auch die Ärzte nicht mehr. Christianes Zustand ist hoffnungslos: Urämie. In wenigen Tagen wird daraus ein grauenvoller Todeskampf. Der Körper wird von Krämpfen geschüttelt und von unbeschreiblichen Schmerzen gefoltert, durch das Haus gellen unablässig die Schreie der Kranken, der niemand zu helfen vermag und die sich in der Hölle ihrer Qualen die Zunge durchgebissen hat. Entnervt verlassen ihre Pflegerinnen das Krankenzimmer und überlassen die Schreiende ihrem Schmerzensinferno. Alleingelassen und unter unvorstellbaren Qualen stirbt Christiane am Mittag des 6. Juni 1816. Goethes Tagebuch: «Nahes Ende meiner Frau. Letzter fürchterlicher Kampf ihrer Natur. Sie verschied gegen Mittag. Leere und Totenstille in und außer mir.»

Wo ist Goethe in Christianes Todesstunde gewesen? Er habe sie wenige Minuten vor dem Ende auf Anraten des Arztes besucht, ihre Hand genommen und die Stirn gestreichelt. Und die Sterbende habe ihn erkannt, aber nicht mehr sprechen können. Nach einem anderen Bericht sei er weinend vor ihrem Bett auf die Knie gefallen und habe gerufen: «Du sollst, du kannst mich nicht verlassen!» Beides sind Zeugnisse vom Hörensagen, Jahrzehnte später aufgezeichnet. Wahrscheinlicher ist, daß Goethe das Krankenzimmer überhaupt nicht betreten hat. Denn er hegte einen tiefen Abscheu vor Auflösung, Sterben, Tod. Betraf es seine nähere Umgebung, so flüchtete er in Krankheiten, die ihn ans Bett fesselten. Nie nahm er an Begräbnissen teil, wollte auch von Totenmasken nichts wissen («Der Tod ist ein sehr mittelmäßiger Porträtmaler»). Ihn ängstigten Eindrücke, von denen er fürchtete, sie könnten ihn ein Leben lang verfolgen. Er brauchte diesen Selbstschutz. Nein, er wird sich den letzten Blick auf das von Auflösung entstellte Gesicht erspart haben. Christiane ist in bitterer Verlassenheit gestorben, und die Verlassenheit Goethes nach ihrem Tod ist nur zu ahnen. Noch am selben Tag schreibt er den Vierzeiler: «Du versuchst, o Sonne, vergebens / Durch die düstern Wolken zu scheinen! / Der ganze Gewinn meines Lebens / Ist, ihren Verlust zu beweinen!». Worte eines maßlosen Schmerzes.

Christianes Leichnam wird am 8. Juni um vier Uhr morgens auf dem Jakobsfriedhof beerdigt, «und zwar mit Gesang des Chores mit der Ganzen Schule erster Classe». Goethe ist nicht dabeigewesen. Mit dem Tod seiner Frau begann die sechzehn Jahre währende Vereinsamung seines Alters.

VIII

Welche Schrift ich zweimal, ja dreimal hintereinander Lese? Das herzliche Blatt, das die Geliebte mir schreibt.

Wer sich an den so farbigen, bildhaften Briefen Christianes erfreut, sollte sich immer an den Satz Goethes erinnern, wonach «unter allen Seligkeiten, deren sich meine Frau vielleicht rühmen möchte, die Schreibseligkeit die allergeringste ist». Christiane selbst hat das wiederholt bestätigt. «Meinen Brief von Lauchstädt werden Sie erhalten haben», schreibt sie 1802 an Nikolaus Meyer, «ob Sie ihn aber lesen können, ist eine Frage.» Fünf Jahre später wird er beschieden: «Daß es mit dem Schreiben mit mir noch immer schlecht bestellt ist, wissen Sie besser als daß ich mich deswegen zu entschuldigen brauche (...). Sobald Riemer wiederkommt, so sollen Sie einen ausführlichen Brief haben, denn mit meinem

Schreiben sieht es immer schlechter aus, weil ich fast gar nicht schreibe.»

Angesichts ihrer schlechten Ausbildung kann man ihren Widerwillen gegen das Schreiben verstehen; es ist erstaunlich genug, daß sie überhaupt lesen und schreiben konnte, aber es machte ihr Mühe. Vor allem das Schreiben. Nicht nur, daß sie in der Orthographie unsicher war, sie hatte einfach nicht gelernt, sich schriftlich auszudrücken. Bei der Rechtschreibung verließ sie sich auf ihr Gehör und benutzte ihre Weimarer Mundart. Daß sie statt «vier Paar» *für bar*, statt «Nixe» *nückse*, statt «Bonmot» *bommo*, statt «kriegen» *griechen* schreibt, mag noch angehen. Und natürlich verstehen wir, daß *mir* «wir» bedeutet oder *mannichmal* «manchmal», mundartlich wie die Schreibweise *Äuglichen* für «Äugelchen». Aber welches Werk Goethes heißt *Efijenige* (Iphigenie), was ist eine *Grüdick* (Kritik), ein *Ecks Sembelar* (Exemplar), eine *Biebeldäck* (Bibliothek)? Wer daraus auf mangelnde Intelligenz schließen möchte, sollte sich die gleichfalls recht exotische Orthographie in Frau Ajas Briefen ansehen (Beispiele wurden schon zitiert), die freimütig ihrer Schwiegertochter bekannte: «Daß das Bustawiren und gerade Schreiben nicht zu meinen sonstigen Talenten gehört – müßt Ihr verzeihen – der Fehler lage am Schulmeister.» Christiane muß bei diesem Postscriptum aufgeatmet haben.

Aber auch Goethe selbst tat sich in einer Zeit, die keine verbindlichen orthographischen Regeln kannte, oft recht schwer. In einem Brief gesteht er 1812: «Ich bin niemals zerstreuter, als wenn ich mit eigner Hand schreibe: denn weil die Feder nicht so geschwind läuft, als ich denke, so schreibe ich oft den Schlußbuchstaben des folgenden Worts, ehe das erste noch zu Ende ist, und mitten in einem Komma fange ich den folgenden Perioden an; Ein Wort schreibe ich mit dreierlei Orthographie, und was die Unarten alle sein mögen.» Und zehn Jahre später meint er: «Ich mache in jedem Brief Schreibfehler und keine Komma.» Daher schreibt er nur sehr ungern selber, das meiste wird diktiert, auch viele Briefe an

Christiane, denen er dann abschließend einige Liebesworte eigenhändig beifügt. Auch Christiane bedient sich gern des Diktats; entweder schreibt Caroline Ulrich für sie oder deren späterer Ehemann Riemer. «Ich für mein Teil», sagte der kluge Fürst de Ligne, Goethes Freund und ganz ein Mann des *Ancien régime*, «liebe die Zeit, als die Frauen noch orthographische Fehler machten.»

Wichtiger als Christianes Mühen um die Orthographie ist ihre Sprache, die zugleich eine Liebes- und Familiensprache ist. Der «Äugelchen» wurde schon gedacht und auch des «Pfuiteufelchens», um das sie sich während ihrer «Krabskrälligkeit» sorgt, welch drolliges und nicht zu erklärendes Wort die Schwangerschaft meint, aber auch einmal das Ungeborene selbst, denn im Oktober 1793 fragt sie Goethe, «wie die Krabskrälligkeit heißen soll, denn einen Taufnamen muß es doch haben». Im Haus muß sie sich oft «herumgräbeln» (kleinere Arbeiten verrichten) und «grabsen», was nehmen und ansichbringen bedeutet. In mehreren Briefen begegnet uns «gramseln» oder «gramselig». Es bedeutet soviel wie traurig, trübe, bedrückt, klagend, sollte aber nicht etwa zu wörtlich als «gram-selig» überinterpretiert werden. Ist sie sehr zärtlichkeitsbedürftig, so empfindet sie sich als «hasig» und sehnt sich nach einem «Schlampampsstündchen» (was bei Goethe «Schlender- und Hätschelstündchen» genannt wird) mit dem «Herrn von Schönfuß», wie sie Goethes «Meister Iste» nennt. Als er ihr in einem Brief aus Jena nach Abschluß von *Hermann und Dorothea* über die starke Arbeitsbelastung klagt, antwortet sie: «Wenn ich nur erst wieder um Dich bin, so sollst Du gewiß wieder heiter werden; da soll der Herr von Schönfuß viel da sein.» Goethes Klage «Gib mir statt ‹Der Schwanz› ein ander Wort o Priapus / Denn ich Deutscher ich bin übel als Dichter geplagt» ist verständlich, denn die deutschsprachige Erotik hat stets daran gelitten, daß es ihr am schönen Wortschatz gebricht. Vielleicht hätte der Dichter die Geliebte um Rat fragen sollen? «Dein kleines Naturwesen» unterschreibt sie jenen Brief, in dem sie ausdrücklich wünscht, «daß der Herr von Schönfuß bei Dir einkehren möchte und Dir die allerbeste und förderseligste Laune zum Gedicht mitbringe», welcher Wunsch nun aber keineswegs neuen Priapeen gilt, sondern dem hochmoralischen *Hermann und Dorothea.* Hätte Goethe die Briefe aus der Frühzeit ihrer Liebe nicht sämtlich vernichtet, so wären wir über das erotische Vokabular des Paares wohl ausführlicher unterrichtet, über dessen Bilderreichtum man sich nicht genug freuen kann. Goethe mochte ja recht haben mit der Ermahnung «es geht schon wirklich mit dem Schreiben, wenn Du es nur recht üben willst», aber Christianes sprachschöpferische Phantasie bedurfte der Übung wohl kaum.

«Ich bin auch ein Hase, wenn ich nur nicht seit der Redoute schon ein Meerweibchen wäre», schreibt sie dem Geliebten im März 1799, was bedeutet, sie sehnt sich danach, daß «wir rechte Schlampamps-Stündchen haben können», wie sie drei Tage später sagt, nur hat sie derzeit ihre Periode, was sie manchmal auch mit «Ich befand mich wegen der Meerweiblichkeit nicht ganz wohl» oder «Gleich nach der Rückkehr von Jena bekam ich einen Besuch von einem Meerweibchen» wissen läßt.

Ihre Feinde, und ganz besonders die weiblichen unter ihren Verächtern, die sie für dumm und primitiv verschrieen, kannten ihre Briefe nicht. Etwa jenen vom 22. Mai 1798 an Goethe: «Nun, mein allerbester, superber, geliebter Schatz, muß mich ein bißchen mit Dir unterhalten, sonsten will es gar nicht gehen. Erstens muß ich Dir sagen, daß ich Dich ganz höllisch lieb habe und heute sehr hasig bin; zweitens, daß ich am Montag meine Wäsche aufgeschoben habe wegen des übeln Wetter, und erst heute Nacht gewaschen wird, und ich sehe zu meinem größten Vergnügen, daß das Wetterglas steiget. Drittens habe ich mit Fischer gesprochen. Der will, sobald der Herr Geheimer Rat Voigt wiederkömmt, gleich das Geld hinbringen. Viertens war die Frau Pastorin von Rossel bei mir, welche ich sehr gut gefüttert habe und welche sich es für eine große Genade schätzt und sehr glückselig ist, wenn mein Vortrefflicher bei ihr logieren will. Fünftens sind die Hochzeiten sehr mit Pracht und Herrlichkeit begangen worden; es ist das ganze Komödien-Haus mit Girlanden von lebendigen Blumen ausgeschmücket gewesen und soll alles außerordentlich schön gewesen sein. Heute bin ich auf dem Jahrmarkt gewesen und habe mir Seife gekauft. Nun hoffe ich aber auch, daß mein Allersuperbester auch ein Laubtälerchen an mich wenden wird, weil ich so ein großer tugendhafter Schatz bin. Für heute Abend leb wohl, morgen ein Mehres.»

Oder sie teilt auf ihre Weise am 16. Dezember 1800 ihre Weihnachtswünsche mit: «Nun wünschte ich nur, der heilige Christ verlör in Jena 10 Ellen weißen Halb-Atlas, die Elle zu 12 Groschen, das wären 5 Taler; das wäre dem heiligen Christ ein Leichtes. Oder nur 5 und ½ Elle Calico-Halb-Atlas, das wäre nur 2 Taler 18 Groschen, die Elle zu 12 Groschen. Das müßte der heilige Christ aber bald verlieren; solltest Du ihm etwa unverhofft begegnen, so kannst Du mit ihm darüber sprechen. Du mußt aber ja nicht böse werden, daß ich Dich mit einem solchen Auftrage beschwere; ich werde auch nicht böse, wenn es mir abgeschlagen wird.»

An Nikolaus Meyer in Bremen beginnt sie 1810 einen Brief so: «Nach einer Antwort von sechzehn Wochen hätte ich Ihnen nicht gleich heute, da dieser Brief ankam, antworten sollen, doch da es den Damen immer eigen ist, daß sie nachgeben, so will ich es heute tun.»

Wenn Goethe sie einlädt, ihn in Jena zu besuchen (denn schließlich ist bei so langen Abwesenheiten nicht nur Christiane «hasig»), dann macht sie ihrem Jubel spontan Luft: «Keine größere Freude, mein Lieber, hättest Du mir nicht machen können als die, daß ich Dich abholen soll. Es ist sehr gehuppst worden, und das Bübchen hat mit gehuppst.»

Auf der Rückreise von ihrer ersten Reise nach Frankfurt trifft sie in der Nähe von Hanau auf österreichische Husaren. Sie hat zu ihrem Schutz zwei Pistolen bei sich, «die ich, da ich Soldaten kommen sahe, ein bißchen weiter als sonst herausgucken ließ. Sie waren gar nicht garstig; wär ich nicht so betrübt gewesen, daß Du nicht bei mir warst, es hätte gewiß ein bißchen Äuglichen gegeben; aber so ging es diesmal so ab. Das Späßchen muß ich Dir einmal erzählen.» Nachschrift abends: «Das ganze Haus ist voll Kaiserliche Soldaten; ich bin mit meinen 2 Pistolen durch ein 50 Mann ins Haus gegangen, und es hat keiner gepiepst.»

Gewiß, den Damen Herder, Schiller und Stein wäre dergleichen nie in die Feder gekommen, Gott behüte, dafür waren sie aber auch an ausgesuchter Boshaftigkeit und übler Nachrede der armen Christiane weit überlegen. Denn eines findet man in den Briefen dieser so übelbeleumundeten Frau nie: bösartigen Klatsch, Herabsetzungen und Niederträchtigkeiten. Nach Christianes Tod schrieb Elisa von der Recke an Johanna Schopenhauer: «Wodurch die Verstorbene sich mir empfohlen hat, ist, daß ich sie nie von andern Böses sprechen hörte.»

Gedankt wurde ihr das nicht. Als Madame de Staël im Juni 1808 ein zweites Mal Weimar besucht, dürfte ihr von interessierter Seite ein recht schäbiges Bild Christianes gemalt worden sein. Sie muß es Goethe in einem nicht erhaltenen Brief geklagt haben, denn er antwortet:

«Daß sie in Weimar gegen Frau von Staël Übels von Dir gesprochen, mußt Du Dich nicht anfechten lassen. Das ist in der Welt nun einmal nicht anders, keiner gönnt dem andern seine Vorzüge, von welcher Art sie auch seien; und da er sie ihm nicht nehmen kann, so verkleinert er, oder leugnet sie, oder sagt gar das Gegenteil. Genieße also, was Dir das Glück gegönnt hat, und was Du Dir erworben hast, und suche Dir's zu erhalten. Wir wollen in unsrer Liebe verharren und uns immer knapper und besser einrichten, damit wir nach unserer Sinnesweise leben können, ohne uns um andre zu bekümmern.«

Goethes Gartenhaus mit dem Altan. Im Sommer 1779 entstandene kolorierte Federzeichnung Goethes, die er dann der Herzogin Luise schenkte. Der im Frühjahr 1777 errichtete Altan wurde um 1795 wieder entfernt.

Gartenhaus: Goethes Arbeitszimmer im Obergeschoß

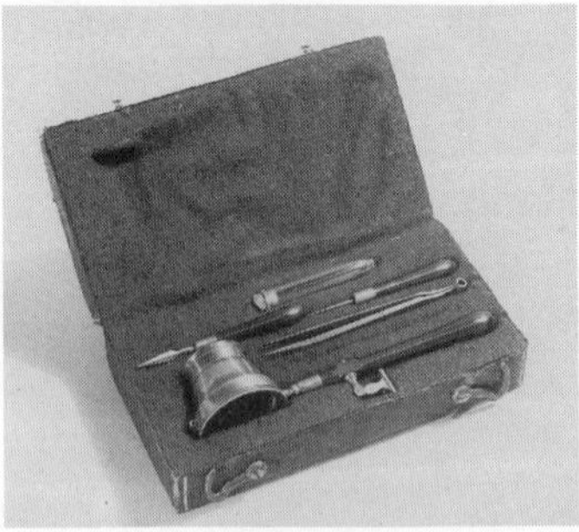

Goethes botanisches Besteck

Die Küche im Erdgeschoß

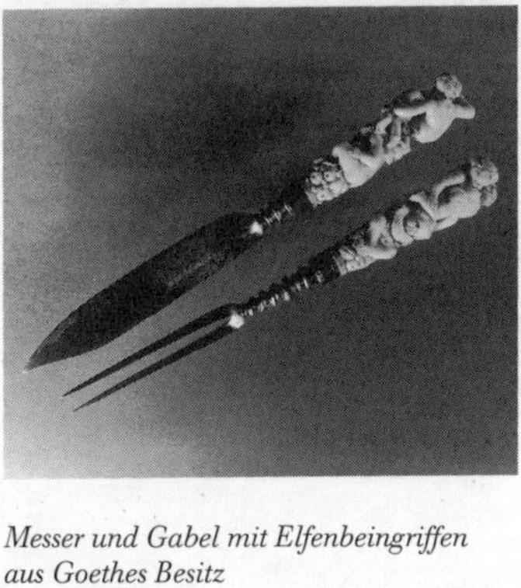

Messer und Gabel mit Elfenbeingriffen aus Goethes Besitz

Die schlafende Christiane.
Bleistiftzeichnung Goethes (1789)

«Meine Liebste wollt ich heut beschleichen,
Aber ihre Türe war verschlossen.
Hab ich doch den Schlüssel in der Tasche!
Öffn' ich leise die geliebte Türe!

Auf dem Saale fand ich nicht das Mädchen,
Fand das Mädchen nicht in ihrer Stube,
Endlich da ich leis die Kammer öffne,
Find ich sie, gar zierlich eingeschlafen,
Angekleidet auf dem Bette liegen.

Bei der Arbeit war sie eingeschlafen,
Das Gestrickte mit den Nadeln ruhte
Zwischen den gefaltnen zarten Händen.
Und ich setzte mich an ihre Seite,
Ging bei mir zu Rat', ob ich sie weckte?»

Aus Goethes Gedicht «Der Besuch»
vom Sommer 1788

Christiane mit Schultertuch. Federzeichnung Goethes (1788/89)

Christiane in Goethes Wohnung im «Jägerhaus». Bleistiftzeichnung von Johann Heinrich Lips (1791).

Christiane und August im Hausgarten (Radierung von C. Lieber, 1821, nach einer Zeichnung von Goethe, 1793)

Goethe. Kreidezeichnung von Friedrich Bury (1800)

Christiane. Kreidezeichnung von Friedrich Bury (1800)

Christianes Wohnzimmer im Haus am Frauenplan. Die ursprüngliche Ausstattung des Raums ist nicht erhalten, da Goethe 1816 nach Christianes Tod die Einrichtung veränderte. Das heutige Aussehen bekam das Zimmer erst 1954 mit Mobiliar und Erinnerungsstücken aus Goethes Besitz.

Aufwärmküche

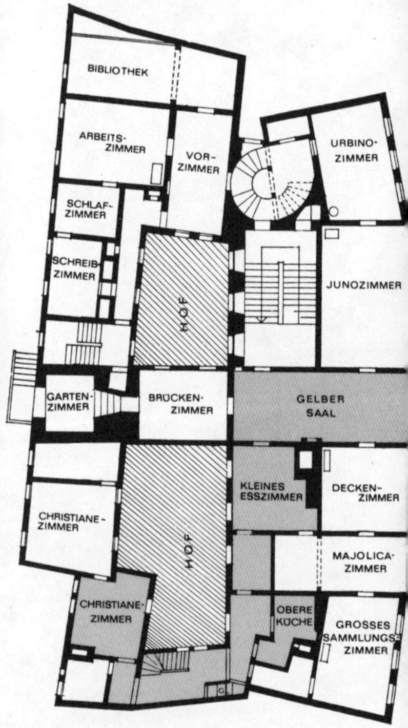

Graue Flächen: Wohnbereich Christianes im Goethehaus am Frauenplan

Flur zum Kleinen – der Familie vorbehaltenen – Eßzimmer (links); der Gelbe Saal (rechts), das Eßzimmer des Hauses. In der Ecke der Gipsabguß des «Antinous Mondragone» aus der Zeit des Kaisers Hadrian (117–138); das Original befindet sich im Pariser Louvre.

August mit Katze am Fenster. Bleistift- und Federzeichnung von Johann Heinrich Meyer (um 1793)

August. Kreidezeichnung von Conrad Westermayr (um 1805)

Christiane und August. Aquarell von Johann Heinrich Meyer (1792). «Meyer ist fleißig, er hat meine kleine Familie *(welches nicht eben eine* heilige Familie *ist) portraitiert, um sich auch hierin zu prüfen», schrieb Goethe am 18. 4. 1792 an den Herzog.*

Der neue Tanzsaal in Lauchstädt. Radierung von C. B. Schwarz

Christianes Puderdose mit Quaste und Medizinfläschchen

Christianes Fächer aus Elfenbein (28,4 × 2,8 × 1,8 cm, zusammengeklappt)

Christianes Nähkasten aus Holz, Intarsien in Perlmutt und Messing

Christiane in zwei Bleistiftzeichnungen Goethes (1788/89)

Christiane. Büste von Carl Gottlieb Weißer (1811 oder 1812). An Goethes letztem Geburtstag – 28. August 1831 – trug diese Büste einen Kranz.

Goethes Schreibzeug

Goethes Visitenkarte

Christianes Schreibgarnitur aus Porzellan

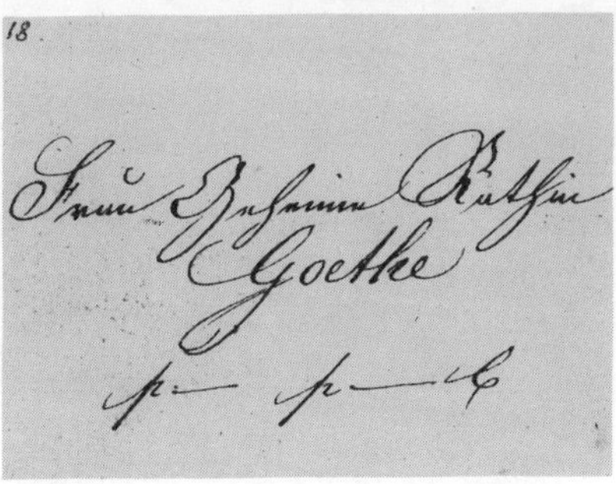

Christianes Visitenkarte als «Frau Geheime Rätin»

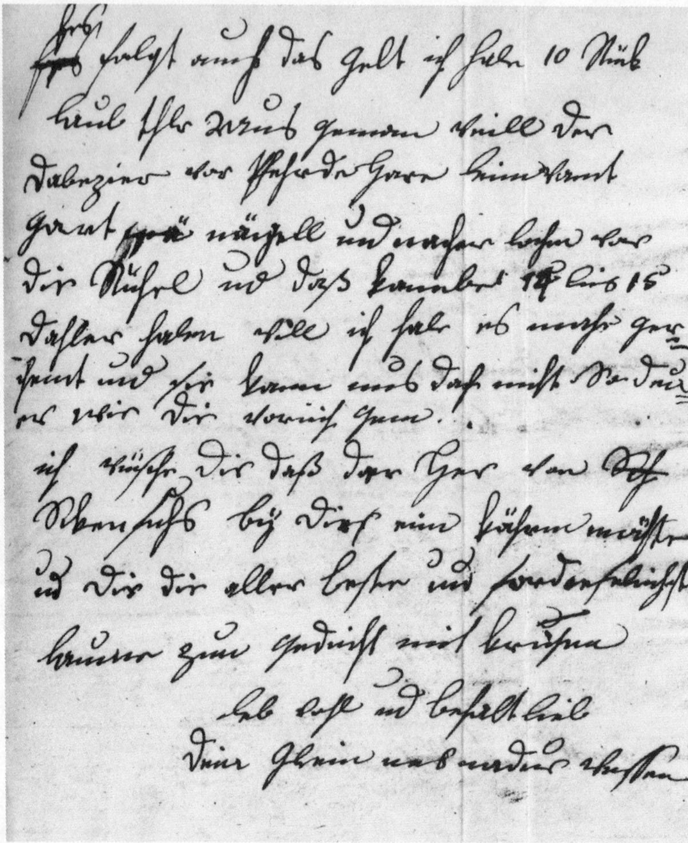

Christianes Handschrift: Letzte Seite ihres Briefes an Goethe vom 21./22. Februar 1797: «ich wünsche dir daß der Her von Sckenfuhs bey dir ein kähren möchte und dir die aller Beste und foerderselichste Laune zum Gedicht mit bringe.

leb wohl und behalt lieb
dein Gleinnes nadur Wessen»

IX

Alle Freude des Dichters, ein gutes Gedicht zu erschaffen,
Fühle das liebliche Kind, das ihn begeisterte, mit.

Las christiane goethes Werke? Als Antwort auf diese Frage wird stets ein Brief zitiert, den Christine von Reinhard (Ehefrau von Napoleons Gesandtem in Kassel) am 5. Juli 1807 an ihre Mutter in Hamburg gerichtet hat: «Goethe forderte uns auf, unsern Weg über Weimar zu nehmen. Bei dieser Gelegenheit sagte er Karl: Sehr wünsche ich, daß Sie die Bekanntschaft meiner Frau machen. Ich bin Ihnen eine Schilderung von ihr schuldig, vor Ihrer Frau würde ich es nicht wagen, denn sie hat eine zu autokratische Natur. Zuerst muß ich Ihnen sagen, daß von allen meinen Werken meine Frau keine Zeile gelesen hat. Das Reich des Geistes hat kein Dasein für sie, für die Haushaltung ist sie geschaffen. Hier überhebt sie mich aller Sorgen, hier lebt und webt sie; es ist ihr Königreich.»

Hat Goethe das wirklich gesagt? Frau von Reinhard referiert, was sie von ihrem Mann erfahren hat. Aber der kann nicht korrekt berichtet haben oder seine Frau hat es falsch verstanden, denn Goethe wußte sehr wohl, daß Christiane durchaus einiges von ihm gelesen hatte, wie sich leicht nachweisen läßt.

In der ersten Jahreshälfte 1793 liest Goethe abends den gerade entstehenden *Reineke Fuchs* Christiane und Johann Heinrich Meyer vor. Über die Arbeit an *Hermann und Dorothea* wird Christiane 1796/97 regelmäßig unterrichtet, «es ist nämlich die große Idylle, von der Du weißt», heißt es im September 1796, «könnte ich diese noch diesen Monat fertig machen, so wäre ich über alle Maßen glücklich.» Es wird dann doch schließlich Juni 1797 bis zur Vollendung, was Christiane kommentiert: «Daß wieder etwas fertig sein würde, dachte ich mir gleich, der Schatz muß immer fleißig sein. Ich dächte aber, Du fingst nichts Neues an, und sähest, daß vielleicht das Gedicht fertig wär, und machtest itzo eine Weile nichts mehr, denn es ist doch ein bißchen zu arg, und am Ende könnte es Dir doch auch schaden.» Im Mai 1799 bittet sie um «ein schönes Exemplar» von *Hermann und Dorothea* für Frau Aja, worauf Goethe schreibt: «Ich schicke Dir von *Hermann und Dorothea* zwei Exemplare, eins für die Mutter und eins für Dich; lasse aber Deins nicht durch viele Hände gehen, indem ich Dir, wenn's beschmutzt ist, keins so leicht wieder schaffen kann», was schwerlich für Christianes Desinteresse zeugt, wenn sie ein Exemplar für sich besitzen möchte. Ein Brief Christianes vom März 1802 erwähnt die Ballade *Der Gott und die Bajadere.* Zwei Monate später informiert Goethe, «daß der zweite Aufzug des bewußten Stückes fertig ist, und wenn ich noch acht Tage Zeit habe, so kann wohl der dritte sich dazu gesellen», und Christiane weiß sehr wohl, daß es sich hier um die *Natürliche Tochter* handelt: «Ich freu mich recht, wenn Du wiederkommst, etwas von dem neuen Stück zu hören.» Und sie berichtet ein Jahr später von einer Aufführung in Bad Lauchstädt, wo das Schauspiel «sehr gefallen» habe (während Herder gegiftet hatte «Dein natürlicher Sohn ist mir lieber», was zum Ende einer langen Freundschaft führte). Auch *Egmont* wird im Juli 1810 in Bad Lauchstädt gegeben; sie habe sich, so Christiane, «an diesem Stück einmal wieder recht erbaut», kannte es also schon.

Über den zum Teil recht mühseligen Fortgang der Arbeit an *Wilhelm Meisters Lehrjahren* wird Christiane 1796 immer wieder unterrichtet, und sie läßt es nicht an naivem Zuspruch mangeln: «Daß es mit dem Roman nicht gehen will, ist ja kurios; doch vielleicht gehet es noch, man muß nicht gleich verzagen.» Als dann aber Goethe klagt, «mit dem Roman will es auch nicht recht fort», erinnert sich die lebensfrohe Geliebte der inspirierenden Wirkung des Herrn von Schönfuß und schreibt: «Ich will zu Dir kommen, mein Lieber, ich wünsche recht herzlich, Dich wiederzusehen, und bei dem schönen Wetter bringe ich Dir vielleicht Lust zu dem Roman mit.» Ob sie *Wilhelm Meister* auch gelesen hat, geht aus dem fragmentarisch erhaltenen Briefwechsel nicht hervor.

Anders steht es mit den *Wahlverwandtschaften*. Hier geht ein Satz Druckfahnen im September 1809 an Christiane und ihre Gesellschafterin Caroline Ulrich mit vier Auflagen: «1. Daß ihr es bei verschlossenen Türen leset. 2. Daß es niemand erfährt, daß ihr's gelesen habt. 3. Daß ich es künftigen Mittwoch wiedererhalte. 4. Daß mir alsdann zugleich etwas geschrieben werde von dem, was unter euch beim Lesen vorgegangen.» Nun ist keine Frage, daß bei der Zusendung gerade dieses Romans Goethe wohl vornehmlich an Caroline Ulrich gedacht hat, aber immerhin, Christiane wird in die Lektüre einbezogen, und die bekommt eine Woche später mitgeteilt: «Weil ihr euch über den ersten Teil des Romans so freundlich geäußert habt, so soll die Hälfte des zweiten bis an einen Abschnitt die nächste Woche unter eben den Bedingungen zu euch gelangen.»

Auch am allmählichen Heranwachsen von *Dichtung und*

Wahrheit nimmt Christiane teil. Die ersten Bücher hatte Goethe ihr schon im Frühjahr 1811 aus dem Manuskript vorgelesen; er wußte zweifellos, was er Christiane an Literatur zumuten durfte. «So eine Arbeit ist viel größer, ja ungeheuerer, als man es sich vorstellt. Da ich aber noch drei Monate Zeit habe, so brauche ich mich aber nicht gerade zu ängstigen», schreibt er im Juni 1813 an Christiane aus Teplitz.

Was sie sonst an Literatur kannte und schätzte, wissen wir nur ungefähr. Im Oktober 1800 schreibt sie Goethe: «Ich habe alle Abende vor langer Weile gelesen und bin allemal um halb 9 Uhr zu Bette gegangen. Aber einmal bin ich so ins Lesen hineingekommen, daß ich bis um 1 Uhr gelesen habe; und wenn der Gustel auf dem Kanapee sich nicht geregt hätte, ich hätte noch länger gelesen. Das war die *Heilige Genoveva* von Tieck, das ist sehr schön.» Goethe wird ihr zugestimmt haben, denn auch er hielt Tiecks *Leben und Tod der heiligen Genoveva* für eine vollkommene Dichtung, die er sich von Tieck selbst im Dezember 1799 in Jena hatte vorlesen lassen.

Vertraut gewesen sind ihr Balladen wie *Der Zauberlehrling* und *Der Totentanz*, vor allem aber natürlich das Gedicht, das ihr Goethe am 26. August 1813 aus Stadt-Ilm schickte, als er getrennt von ihr, jene Verse schrieb, in denen er rückblickend des 12. Julis vor 25 Jahren gedachte:

Ich ging im Walde
So vor mich hin,
Und nichts zu suchen
Das war mein Sinn.

Im Schatten sah ich
Ein Blümchen stehn,
Wie Sterne blinkend,
Wie Äuglein schön.

Ich wollt es brechen,
Da sagt' es fein:
Soll ich zum Welken
Gebrochen sein?

Mit allen Wurzeln
Hob ich es aus
Und trugs zum Garten
Am hübschen Haus.

Ich pflanzt es wieder
Am kühlen Ort;
Nun zweigt und blüht es
Mir immer fort.

Die angeblich so literarisch desinteressierte Christiane versorgte gelegentlich auch Frau Aja in Frankfurt mit Lesestoff, 1798 sind es die Romane *Agnes von Lilien* von Caroline von Wolzogen und *Julchen Grünthal* von Helene Unger: «Ja meine Liebe! Sie können kein beßeres und verdinstlicheres Werck an Ihrer Sie liebenden Mutter thun, als daß Sie die Güte haben, wenn Ihnen solche liebliche Sachen zukommen mich in meiner Geistesarmuth theil darann nehmen zu laßen – auch verbinde ich mich im Fall Sie Ihre Bibliotheke mit ausschmücken wollen – das was Sie etwann verlangen sollten wann ich es geleßen wieder zurück zuschicken.» Keine schlechte Wahl, die anonym publizierte *Agnes von Lilien* galt damals vielen als ein Werk Goethes.

Literarisch ahnungslos wird man Christiane schwerlich heißen dürfen. Immerhin hat sie – bezeugt von Wilhelm von Humboldt, nicht eben ein Freund – den heute zu Recht vergessenen, damals gefeierten Dichter Zacharias Werner zu warnen gesucht, seine mystisch verqualmten Sonette vorzutragen («obgleich Goethes Frau ihm gesagt hatte, daß das Mystische Goethe unerträglich sei»), aber Werner hatte nicht auf Christiane hören wollen, und so kam es denn auch am letzten Tag des Jahres 1808 prompt zum Eklat.

Auch über die Entstehung jener Gedichte, die später zum *West-östlichen Divan* vereinigt wurden, bekam Christiane in Briefen Nachricht, etwa: «Der Orient gibt noch immer die meiste Beschäftigung» (11. 3. 1815) oder: «Kund und zu wissen jedermann, den es zu wissen freut, daß (...) mich unterwegs sogleich die guten Geister des Orients besucht und mancherlei Gutes eingegeben, wovon vieles auf das Papier gebracht wurde» (24. 5. 1815).

Gewiß, bei Christiane durfte er nicht auf jenes gleichgestimmte Echo rechnen wie etwa damals bei Marianne von Willemer, die ihm als Suleika ebenbürtig antworten konnte. Und doch ist eines der weniger bekannten Liebesgedichte – entstanden an eben jenem 24. Mai – Christiane zugedacht gewesen, überschrieben mit *Es ist gut* (ursprünglich *Gottesgedanken):*

Bei Mondeschein im Paradeis
Fand Jehova im Schlafe tief
Adam versunken, legte leis
Zur Seit ein Evchen, das auch entschlief.

Da lagen nun, in Erdenschranken,
Gottes zwei lieblichste Gedanken. –
Gut!!! rief er sich zum Meisterlohn;
Er ging sogar nicht gern davon.

Kein Wunder, daß es uns berückt,
Wenn Auge frisch in Auge blickt,
Als hätten wirs so weit gebracht,
Bei dem zu sein, der uns gedacht.
Und ruft er uns, wohlan, es sei!
Nur, das beding ich, alle zwei.
Dich halten dieser Arme Schranken,
Liebster von allen Gottes Gedanken.

X

Sie entzückt mich, und täuschet vielleicht. O, Dichter und Sänger,
Mimen! lerntet ihr doch meiner Geliebten was ab!

DASS CHRISTIANES REAKTION auf Goethes *Egmont* im Theater lebhafter ausfällt als andere Äußerungen über seine Werke, überrascht nicht: Christiane liebt das Theater über alles, und sie hat sich im Lauf der Jahre mit der Bühne und deren Akteuren vertrauter gemacht als die meisten im Publikum. Sie läßt sich von der Welt der schönen Illusionen zwar gern verzaubern, vergißt aber nie, daß diese Welt aus Brettern, Leinwand und Farbe besteht, aus Schminke und Kostümen, die verdecken, daß darunter Menschen mit ihren sehr persönlichen Freuden und Leiden verborgen sind. Gewiß nicht bewußt, aber doch wohl unbewußt weiß auch sie, die zuerst als die Geliebte des Dichters und Schauspieldirektors und dann als die Frau Geheimerätin auf der kleinen Bühne des Weimarer Lebens ihre Rolle zu spielen hat, daß sie selber auf ihrem Weg dahingelangt ist, wo das kleine einfache Mädchen aus der Luthergasse im Gewand der Reichen und Bestimmenden auftritt. Vielleicht ist es das gewesen, was sie schon bald zur Vertrauten der Schauspieler macht.

Ihr Geliebter, ihr Ehemann ist ein gestrenger Prinzipal, der den Frauen und Männern auf der Bühne nichts durchgehen läßt und von ihnen zuweilen eher gefürchtet denn nur respektiert wird. Christiane aber vergißt nie, aus welchen zumeist bescheidenen Verhältnissen diese miserabel bezahlten Menschen kommen, die Abend für Abend ein Publikum in die Welt des schönen Scheins zu versetzen haben, ganz gleich, ob sie nun Stücke von Lessing, Schiller oder Goethe darstellen oder jene unterhaltsame Gebrauchsware eines Kotzebue, die nun einmal das meiste Geld in die Kasse bringt. Theater wurden damals nicht subventioniert, die Abendkasse entschied über den Erfolg, ein nicht ausverkauftes Haus wurde existenzgefährdend.

Wie jeder Theaterdirektor weiß das natürlich auch Goethe, und wenn er auch gleich Schiller in der Schaubühne die moralische Anstalt sieht, so muß er doch stets auf einen gutgemischten Spielplan achten, der Kommerz und Kunst verbindet. Und dabei erweist sich Christiane immer mehr als eine nicht zu unterschätzende Hilfe. Sie hat ein untrügliches Gespür für die Publikumsgunst, sie weiß, was ankommt, sie behält die Kasse im Auge und genauso die Mimen.

Christianes Theaterabende sind stets der Montag und der Mittwoch, sofern sie in Weimar ist. Für ihre Kuraufenthalte in Bad Lauchstädt gelten solch genaue Termine natürlich nicht. Goethe verfügt im Theater über eine Loge im Parterre unter der des Herzogs und regiert sein Theater mit herrschaftlicher Strenge. «War er mit einer Darstellung zufrieden», so erzählt uns die von Goethe geförderte Malerin Louise Seidler, «so ertönte sein Beifall durch dreimaliges lautes Händeklatschen, deutlich vernehmbar für Zuschauer und Schauspieler.» Eigenmächtige Reaktionen des Publikums schätzte der Direktor überhaupt nicht. Als nach der Uraufführung von Schillers *Die Braut von Messina* ein junger Mann aufsprang, Schiller enthusiastisch hochleben ließ und die Zuschauer aufforderte, es ihm nachzutun, sah Goethe darin einen «dem Dichter zwar schmeichelhaften, den Verhältnissen aber unangemessnen Dank» und forderte in einer Eingabe, dem jungen Mann die Mißbilligung des Herzogs und einen Verweis auszusprechen. Spontanes Verhalten sei durchaus unerwünscht: «Bei uns kann kein Zeichen der Ungeduld stattfinden, das Mißfallen kann sich nur durch Schweigen, der Beifall nur durch Applaudieren bemerklich machen, kein Schauspieler kann herausgerufen, keine Arie zum zweitenmal gefordert werden. Alles was den gelassenen Gang des Ganzen, von Eröffnung des Hauses bis zum Verschluß, auf irgend eine Weise stören möchte, ist bisher unterblieben und darf auch in der Folge nicht stattfinden.» Und als das Publikum 1802 bei der Uraufführung von Friedrich Schlegels lederner Tragödie *Alarkos* statt zu weinen in helles Gelächter ausbrach, sprang Goethe wütend in seiner Loge auf und rief «mit seiner Donnerstimme» in den Saal: «Man lache nicht!» So erinnert sich der Schauspieler Eduard Genast. Als endlich der Vorhang fiel, regte sich keine Hand zum Beifall. Im selben Jahr verfügte Goethe, Bertuchs *Journal des Luxus und der Moden*, das eine ungünstige Rezension drucken wollte, dürfe künftig überhaupt keine Theaterkritiken mehr bringen, es sei denn, sie stammten aus seiner eigenen Feder. Die schon in den Korrekturfahnen vorliegende Kritik durfte nicht erscheinen. Wie die Leser die Produktionen des Theaters zu beurteilen hatten, sollten sie künftig vom Theaterdirektor persönlich erfahren.

Schauspieler, die nicht aufs Wort gehorchten, in der Öffentlichkeit Skandal machten oder Streit mit Kollegen anzettelten, wurden hart bestraft. Geldbußen hielt Goethe nicht für ausreichend, er fand nichts dabei, sie für eine Nacht in der Arrestzelle der Polizeiwache einzusperren und machte von diesem Recht auch gern Gebrauch. Man kann sich also leicht vorstellen, wie sehr das Theatervolk in der Zucht und Vermahnung des Herrn lebte. Unwillkürlich muß man hier an Christianes Formulierung «und es hat keiner gepiepst» denken.

Man darf aber auch andererseits Goethe zugute halten, daß er sich sehr für eine gründliche Ausbildung der Schauspieler einsetzte und in einer Zeit, da Schauspieler vielfach noch gesellschaftlich diskriminiert waren, sie in sein Haus einlud. Daran hatte Christiane besonderen Anteil. Der erwähnte Eduard Genast rühmt in seinen Erinnerungen ihre «Güte und Liebenswürdigkeit; wo sie jemand eine Freude machen oder Hilfe leisten konnte, geschah es mit Wohlwollen und Uneigennützigkeit».

Christiane feierte gern mit den Schauspielern und suchte erfolgreich Spannungen auszugleichen. Auch für deren Kinder gab sie gern Gesellschaften im Haus am Frauenplan.

In ihren Briefen an Goethe informiert sie über das Theatergeschehen während seiner Abwesenheit. «Mit dem neuen Sänger wollte es am Sonnabend nicht gehen, überhaupt ging meinen Gedanken nach das ganze ‹Käppchen› *(Das rote Käppchen, Oper von Dittersdorf)* nicht gut. Desto besser spielten sie gestern den ‹Vetter aus Lissabon› *(von Friedrich Ludwig Schröder)*» (2. 3. 1796). – «Ich habe vorhin vergessen zu schreiben, daß gestern ‹Oberon› *(Oper von Paul Wranitzky)* sehr gut gegangen ist, und daß sie alle recht sehr gut gespielt haben, die Jagemann außerordentlich und Leißring auch sehr gut; und bei der Weyrauch war alles Mögliche getan, um es durch den Anzug zu zwingen. So schön ist noch keine Actrice als Türkin angezogen gewesen. Die Gräfin Egloffstein hat ihr den ganzen Anzug gegeben, und sie hat sich auch da anziehn müssen; die Gräfin hat sie selbst hoher Hand geputzt. Warum dies geschieht, wirst Du Dir schon denken; sie hatte Schmuck um sich, der war fürstlich, aber sie hat doch die Jagemann nicht ausgestochen bei Fremden und Einheimischen» (7. 6. 1797). Und das war wichtig, denn Caroline Jagemann war die leider sehr einflußreiche Mätresse des Herzogs.

Aus dem Lauchstädter Badeaufenthalt meldet Christiane im Juli 1803 überaus Unziemliches: «Die Vorstellung von ‹Alarcos› war. Die Einnahme war 92 *(Taler)*. Haide hat sehr gut gespielt und wurde rausgerufen; überhaupt hielt Haide und Graff das ganze Stück zusammen. Die Maaß hat abscheulich gespielt. Und eine kleine Partie hatte sich vorgenommen, zu pfeifen, aber die größere siegte mit Applaudieren und Bravorufen, und es wurde ‹Pereat Coubu!› und ‹Vivat Schlegel!› gerufen.» Der von Goethe verachtete Kotzebue – als Erfolgsautor aber ganz unverzichtbar für jedes Theater – verabscheute seinerseits die jungen Romantiker, die Brüder Schlegel ganz besonders; das Kampfgeschrei bezeichnete also eine ideologische Auseinandersetzung für und wider die deutsche Romantik. «Coubu» ist Christianes eigenwillige Schreibweise für Kotzebue. Daß man sich bei solchen Verlautbarungen des Lateins bediente (*pereat* für «nieder mit» und *vivat* für «hoch»), lag im allgemeinen Sprachgebrauch und hatte keineswegs etwas mit einem besonders gebildeten Publikum zu tun. Christiane berichtet selber empört über rüpelhaftes Benehmen von Studenten aus Jena während einer Aufführung in Weimar, als Goethe abwesend war, und der wird auch den Lauchstädter Bericht wohl ziemlich erbost gelesen haben. Im November 1803 erwähnt Christiane den Mißerfolg von Kotzebues Lustspiel *Die deutschen Kleinstädter:* «Die Baranius hat recht artig gespielt, und Becker hat jemand kopiert, worüber Du gewiß lachen mußt. Ich freute mich recht, aber es wollte sich keine Hand rühren, und der Vorhang fiel ganz stille runter. (...) Wolff freut sich, daß er nur immer zu tun hat. Manchmal singen wir zusammen und sprechen eine ganze Stunde vom Tanzen; sie sind beide recht froh, daß sie in unser Haus kommen dürfen, weil sie nicht gern auf das Kaffee-Haus oder in andere Gesellschaften gehen mögen. Auch spielen sie gern mit August. Auch die Silie kommt mannichmal; aber ich glaube, es ist ihr auch nicht recht, daß die Leute zu mir kommen. Man kann nicht allen recht tun.»

Pius Alexander Wolff und seine Frau Anna Amalia wurden von Goethe sehr geschätzt und häufiger eingeladen, und die Schauspielerin Silie heiratete den von Goethe geförderten Karl Unzelmann. Daß die Schauspieler von vielen gesellschaftlich nicht akzeptiert wurden und von den wenigsten ins Haus geladen worden wären, wird Christiane oft genug an ihre eigene Außenseiterposition erinnert haben, und das erleichterte ihr auch gewiß den Umgang. Auch die Mimen selbst dürften das so empfunden haben, und gelegentlich baten sie denn auch die Frau ihres Direktors um vorsichtige Vermittlung: «Herr Wolff hat heute im *Portrait der Mutter* dem Haide seine Rolle übernehmen müssen; der Hofkammerrat hat sie ihm geschickt. Du sollst auf den Sonnabend erfahren, wie er gespielt hat. Er hat mich darum gebeten, daß ich es Dir doch melden möchte. Die neue Rolle, Don Ranudo, hat ihn sehr glücklich gemacht. Aber der Grüner hat diese Woche gar nichts zu tun, und auch sich recht betrübt, daß er in allen den drei neuen Stücken nichts zu tun hat. Er liest mir manchmal was vor, nur, Du weißt, sitze ich nicht gerne lange stille. Keine Akademie hat der Genast auch nicht gehalten. Sie wünschen sehnlich, Dich bald wieder hier zu sehen. Auch ich habe es doch lieber, wenn der gute Schatz zu Hause ist; da geht mir alles besser von statten. Das Wetter ist schändlich, und es ist recht schön von Dir, daß Du mir die Pferde hier gelassen hast. Es ist auch alles wieder gut geheilt. Empfehlen läßt sich die kleine Brand, die große Silie und Dein ganz kleines Schätzchen.»

Da mag Christiane nun so oft sie will behaupten, das Schreiben wolle ihr so gar nicht von der Hand; dieser Brief vom 30. November 1803 ist meisterlich in der geschickten Verbindung von Sorgen um das Schauspiel mit ihren eigenen Wünschen und voll zärtlicher Koketterie, wie sie Goethe liebte.

In der Beurteilung von Theaterstücken kann sie aber auch von lapidarer Strenge sein: «Alsdann gingen wir in die Komödie, wo *Die Hussiten* aufgeführt wurden. Ein schlechtes Stück unter aller Kritik aufführen zu sehen, das ist schrecklich.» Punktum. Das meldet sie aus Lauchstädt, wo die Schauspieler – Goethe ist nicht mitgekommen – sich offenbar gelegentlich etwas gehen lassen. Natürlich ist das gerügte Stück – mit vollem Titel *Die Hussiten vor Naumburg im Jahre 1432* – wieder aus der Feder des fleißigen Kotzebue.

Goethe weiß die tätige Teilnahme Christianes am Theater zu schätzen. «Ohne Dich, weißt Du wohl, könnte und möchte ich das Theaterwesen nicht weiter führen. Wenn wir wieder zusammenkommen, machst Du mich mit den Ereignissen des Sommers bekannt, und über den Winter wollen wir auch schon hinauskommen», schreibt er ihr im August 1808 aus Karlsbad. Und als Christiane dann im November wegen der Erbschaftsregelung in Frankfurt ist, gesteht ihr Goethe: «So sind z. B. beim Theater Dinge vorgekommen, die viel gelinder abgegangen wären, wenn Du dagewesen wärest. Doch hoffe ich die Sache noch so zu halten, daß der Riß wieder zu heilen ist. In die Länge geht's freilich nicht; doch will ich, so lange ich noch einen Zug tun kann, mich nicht ungeschickter Weise gefangen geben.» Da zeichneten sich die ersten Probleme mit der intriganten Caroline Jagemann ab. Aus Riemers Tagebuch wissen wir, daß nach Christianes Rückkehr mit ihr «die Theaterangelegenheiten besprochen» worden sind. In allen Fragen der Weimarer und Lauchstädter Bühne ist Christiane für Goethe die kompetente Ratgeberin gewesen, auf deren gesundes Urteil er viel gab.

Nach Bad Lauchstädt ist Christiane immer sehr gern gefahren. Sie hatte den Ort im Sommer 1802 kennengelernt, als sie mit Goethe dort eintraf, um das neue Theater einzuweihen. Im Juni des folgenden Jahres ist sie für vier Wochen wieder hier, dann im Juli 1804, 1805, 1806, 1807, 1808 und 1810. Von hier schreibt sie Goethe ihre ausführlichen, tagebuchgleichen Briefe, die ihn zum einen über das Theaterwesen unterrichten (das ist quasi ihre «amtliche» Aufgabe als Ehefrau des Theaterdirektors), zum andern aber von ihrer schier unbändigen Lust am Tanzen erzählen. Es ist, als sei

Christiane hier, fernab der ihr nach wie vor feindlich gesonnenen Gesellschaft Weimars, so richtig aufgeblüht. Sie schreibt unter dem 11. Juli 1803: «Überhaupt, man ist hier sehr artig gegen mich; ich kann sagen, man ist artiger gegen mich als gegen andere Leute. – Mich hat es sehr gefreut, daß so viel Weimarer hier sind, die dieses alles mit ansehen.»

Von ihrer Tanzseligkeit erzählt sie nur zu gern: «Sonnabend, den 2. Juli, schliefen wir bis 1 Uhr mittags, schliefen wir bis 1 Uhr! Ist das erlaubt? wirst Du sagen. Aber auch 2 Nächte nicht geschlafen!

Es kamen Fremde von Leipzig, die Silie kannte; ich mußte mich putzen und mit in die Allee gehen. Alsdann ging ich allein in die Komödie; es wurde *Wallensteins Lager* gegeben und *Der Stammbaum*, die Einnahme war 148 Taler. In die Loge zu mir kam Herr von Nostitz, der große Offizier, und ladete mich zu dem Ball ein. Ich tanzte die erste Ecossaise mit ihm vor. Aber, mein Gott, wie schön tanzte der! ich habe selbst noch nicht so schön getanzet. Alles sahe uns zu, und es wurde auch mit ihr (?) getanzet. Dieses schreibe ich noch, als ich um 1 Uhr vom Balle komme. Das war ein Tänzer! so habe ich noch mit keinem getanzet. Ich habe auch aber 6 Tänze mit ihm getanzt.

Vor der Komödie kam Schiller und der Professor Gentz. Ich habe von beiden den Wein erhalten und danke Dir herzlich dafür. Das ist wieder ein Beweis Deiner großen Liebe, wie sehr Du an mich denkest. Wenn ich Dir nur auch so viel Gutes erzeigen könnte! Aber lieben tue ich Dich immer mehr und unaussprechlich. Daß Schiller hier ist, gibet gleich ein anderes Leben. Nur wünschet man auch Dich; wenn Dir es möglich ist, komm ja. Und von Dir soll es ganz allein abhängen, wenn ich kommen soll. Sehr schöne ist es hier; es sind noch mehr Bade-Gäste hier, und man ist noch artiger als voriges Jahr gegen mich.»

Immerhin: Schiller nimmt in Lauchstädt offenbar Notiz von ihr; allerdings wird in seinen Briefen an seine Frau Christianes Existenz nicht erwähnt. Der genannte «große

Offizier» ist der baumlange Leutnant Carl Graf Nostitz (er wird 1805 Adjutant des Prinzen Louis Ferdinand von Preußen werden). Äugelchen? Gar Augen? Aber da darf Goethe beruhigt sein: «Wie Du gibt es keinen Mann in der ganzen Welt. Und wegen der Augen kannst Du ganz außer Sorge sein; aber Äuglichen gibt es, daß man sich nicht zu retten weiß. Heute Abend ist Ball, und ich bin schon 10 Tänze engagiert.» Und einen Tag später: «Mein Breslauer Äuglichen hat sich so stattlich herausgeputzt, daß es sehr gut aussieht, und tanzen tut es auch sehr gut. Genug, die Weimaraner waren erstaunt.»

Das Breslauer Äugelchen wird schon am 26. Juni erwähnt – «... wo ich einen recht artigen Menschen aus Breslau habe kennen lernen, so ein Äuglichen von der ganz jungen Art», und drei Tage später heißt es: «Nach Tische ging ich die Allee, und mein schwarzköpfichtes Breslauerchen war da.» Am 8. Juli ist von «unser Schwarzköpfchen» die Rede mit dem Zusatz «es ist ein sehr artiger junger Mann».

Auch das Äugelchen muß seinerseits von Christiane beeindruckt gewesen sein, denn gerade als sie – nun wieder daheim – zu einem Ausflug nach Jena und Dornburg aufgebrochen ist, spricht der Umschwärmte in Weimar vor, um Christiane einen Besuch abzustatten, was Goethe recht belustigt zur Kenntnis nimmt, denn er schreibt aufgeräumt: «Damit Du aber siehst, daß es nicht gut ist, wenn man immer in der Welt herumfährt und gar nicht zu Hause bleiben kann, so vermelde ich Dir, daß gestern das Schwarzköpfchen hier gewesen ist und sich eine ganze Hand voll Haare ausgerissen hat, als er Dich nicht fand.»

Das Breslauer Äugelchen oder Schwarzköpfchen hat auch einen Namen, es ist Ferdinand Wilhelm Heinke, ein junger Jurist, 21 Jahre alt. Als preußischer Offizier wird Heinke im April 1813 verwundet im Weimarer Ilmpark gefunden (wie er dorthin gelangt ist, weiß niemand so recht) und von Adele Schopenhauer und Ottilie von Pogwisch, Goethes späterer Schwiegertochter, verborgen und gepflegt. Daß er dabei den jungen Damen gehörig die Köpfe verdreht, versteht sich von selbst. Noch viele Jahre lang haben Adele und Ottilie einen wahren Kult mit ihrem Helden getrieben, den sie nach 1814 nicht mehr wiedergesehen haben. Mit Christiane scheint es 1813 aber keine erneute Verbindung gegeben zu haben, es waren ja auch seit den tanzseligen Lauchstädter Tagen zehn Jahre verstrichen.

Zurück nach dort. Es muß auf den Bällen im Sommer 1803 sehr stürmisch zugegangen sein, denn tags darauf schreibt sie: «Heute frühe gingen wir in die Allee, denn ich mußte mir Schuhe kaufen, weil sie alle durchgetanzt sind.» Worauf Goethe antwortet: «Schicke mir mit nächster Gelegenheit Deine letzten, neuen, schon durchgetanzten Schuhe, von denen Du mir schreibst, daß ich nur wieder etwas von Dir habe und an mein Herz drücken kann.» Was immer die Weimarer Gesellschaft sagen mochte: Goethe hatte für die Tanzlust seines Christelchens viel Verständnis, und darauf darf Christiane auch bei Nikolaus Meyer rechnen, den sie genau über ihre Tanzfreuden unterrichtet, da er selber während seiner Zeit in Weimar oft mit ihr getanzt hatte:

«Von mir kann ich weiter nichts sagen, als daß ich itzo sehr lustig bin und immer noch so gerne als sonst tanze. Ja sogar bilde ich mir ein, daß ich noch besser als sonst tanze, und das ist, seit ich dieses Jahr in Lauchstädt war» (September 1803).

«Es sind zwei junge Leute beim Theater hier, die bloß aus Liebe für die Kunst zum Theater gegangen, und als Schüler vom Geheimrat bei uns bekannt sind. Von diesen beiden tanzt der eine ganz wie Sie, nur noch mit mehr Leidenschaft. Wenn ich mit diesem tanze, so fliegen wir gleichsam den Saal hinunter; ob ich gleich stärker werde, so tanze ich doch immer wie sonst» (9. 11. 1803).

Als Resümee: «Dieses Jahr habe ich keinen Ball und keine Redoute versäumt» (15. 12. 1803). Doch sieben Jahre später fällt es ihr wieder ein: «Hier ist alles so tanzlustig, daß Alt und Jung wieder Tanzstunden nimmt, und wo Sie sich denken können, daß ich auch dabei bin», wobei auch Meyers gerade erst drei Jahre alter Sohn zu den künftigen Erwählten zählt, denn «wenn er so fort wächst und ich bei meiner Tanzlust bleibe, so hoffe ich noch einmal einen Dreher mit ihm zu tanzen».

Warum sollte sie nicht? Sie, die nach eigenem Eingeständnis nicht gut stillsitzen konnte, brauchte nun einmal die Bewegung, und nie wäre es Goethe in den Sinn gekommen, seiner lebenslustigen «kleinen Frau» die Lust am Tanzen zu vergällen. Für das Naserümpfen und Tuscheln der feinen Gesellschaft Weimars hatte aber ganz besonders die lebensfrohe Frau Aja kein Verständnis, denn die ermuntert ihre Schwiegertochter am 18. Januar 1802 nachdrücklich:

«Tantzen Sie immer liebes Weibgen Tantzen Sie – frölige Menschen die mag ich gar zu gern – und wenn sie zu meiner Familie gehören habe ich sie doppelt und dreyfach lieb – Wäre ich eine Regirende Fürstin, so machte ich es wie Julius Cäsar lauter fröliche Gesichter müßten an meinem Hof zu sehen seyn denn das sind der Regel nach gute Menschen, die ihr Bewußtsein froh macht – aber die Duckmäußer die immer untersich sehen – haben etwas vom Cain an sich die fürchte ich – Luther hat Gott zu Cain sagen laßen warum verstelts du deine Geberde, aber es heißt eigendlich im Grundtext – warum läßt du den Kopf hängen. Leben Sie wohl – vergnügt und Tantzen wo Sie Gelegenheit dazu finden.»

Von der so sehr verehrten und geliebten Mutter auf diese Weise das neue Jahr eingeläutet zu bekommen, wird Christiane recht glücklich gemacht haben. Was brauchte sie sich da um jene zu bekümmern, die ihr jede Freude mißgönnten? «Genieße nur des Guten ungetrübt», schreibt ihr Goethe im Sommer 1808 nach Bad Lauchstädt, «indem Du Deiner Lebensweise treu bleibst und, wie es die Gelegenheit gibt, immer ein wenig vorwärts rückst, so wirst Du Dich trefflich befinden.» Und er fügt einige Wochen später noch hinzu: «Wenn die Leute Dir Deinen guten Zustand nicht gönnen und Dir ihn zu verkümmern suchen, so denke nur, daß das die Art der Welt ist, der wir nicht entgehen. Bekümmre Dich nur nichts drum, so heißt's auch nichts. Wie mancher Schuft macht sich jetzt ein Geschäft daraus, meine Werke zu verkleinern, ich achte nicht drauf und arbeite fort. Ich habe die wunderbarsten Anträge, die wir zusammen überlegen wollen.»

Das ist es, dieses «zusammen überlegen», und ihrer beider unzerstörbare Liebe und die Gewißheit, einander zu gehören, schafft diese Gemeinsamkeit mit ihrer Harmonie, mit der sie die ihnen feindliche Welt bestehen.

XI

Daß aber der Wein von Ewigkeit sei
Daran zweifl ich nicht;
Oder daß er vor den Engeln geschaffen sei
Ist vielleicht auch kein Gedicht.
Der Trinkende, wie es auch immer sei,
Blickt Gott frischer ins Angesicht.

Wer einem Laster frönt, sucht sich gern namhafte Eideshelfer, um vor sich und anderen rechtschaffen dazustehen. Wenn Goethe 1828 gegenüber Eckermann meinte, es lägen im Wein «produktiv machende Kräfte sehr bedeutender Art», so mag das nicht falsch sein, aber es ist keine Frage, daß Goethe auch seinem recht beträchtlichen täglichen Weinverbrauch ein wenig die höheren Weihen verleihen wollte. Denn Goethe, formulieren wir's freundlich, war ein überaus starker Zecher, der sich die geliebte Labe ein Vermögen kosten ließ. Seltsam: E. T. A. Hoffmann ist in die deutsche Literaturgeschichte mit dem Ruf eines Alkoholikers eingegangen, obwohl er beträchtlich weniger getrunken hat als Goethe. Aber Hoffmann pokulierte meist öffentlich in Weinhäusern, Goethe sprach der Flasche in den eigenen vier Wänden zu:

Und was bleibt denn an dem Leben,
Wenn es alles ging zu Funken,
Wenn die Ehre mit dem Streben
Alles ist im Quark versunken.

Und doch kann dich nichts vernichten,
Wenn Vergänglichem zum Trotze
Willst dein Sehnen ewig richten
Erst zur Flasche dann zur...

Er war ein Frühaufsteher, der für gewöhnlich um 6 Uhr morgens aufstand (in Karlsbad, wie er an Christiane schreibt, sogar schon um 5 Uhr), und als erstes Frühstück Kaffee und Mineralwasser, zuweilen auch Schokolade oder Fleischbrühe zu sich nahm. Üppiger fiel dann das zweite Frühstück um 10 Uhr aus mit kaltem Braten und einer halben Flasche Madeira. Zum Mittagessen – um 13 oder 14 Uhr – trank er für gewöhnlich eine ganze Flasche Wein, selten weniger, zuweilen sogar noch mehr. Besuchte er das Theater, so ließ er sich Punsch in seine Loge bringen, dem er kräftig zusprach. Sonst wurde ihm gegen Abend in seinem Arbeitszimmer der Abendwein serviert, meist eine Flasche; in geselliger Runde blieb es aber bei dieser einen nicht. Ein Tageskonsum von drei Flaschen war zwar nicht die Regel, aber auch nicht unbedingt selten.

«Nach dem Gelde ist wohl der Wein am ersten wert, daß man sein gedenke», schreibt Goethe 1812 an Christiane aus Karlsbad, denn die Preise sind gestiegen (was mit den kriegerischen Zeitläuften zu tun hat, Napoleon beginnt am 24. Juni 1812 seinen Rußlandfeldzug mit einem Heer von mehr als einer halben Million Soldaten), und Christiane will im Juni gleichfalls die Kur in Karlsbad gebrauchen: «Wir haben unsren Bedarf bis Ende Juni im Keller; alles aber wohl überlegt, mußt Du Dir notwendig, was Du zu brauchen glaubst, mitbringen.» Denn Christiane liebt den Wein nicht minder, und so rät er ihr noch einmal, «Deinen Weinbedarf mitzubringen».

Die Sorge um den geliebten Wein nimmt in den zwischen Goethe und Christiane gewechselten Briefen einen nicht unerheblichen Platz ein, und oft genug wird dabei der Weinhändler Johann Justinus Zapff in Suhl und Christian Heinrich Ramann in Erfurt gedacht, die dafür sorgen, daß der Weinkeller am Frauenplan stets wohlversorgt ist. Aber gelegentlich gibt es doch Versorgungsschwierigkeiten. So klagt Christiane am 13. August 1797, als Goethe in Frankfurt ist: «Wenn nur etwas Wein käme, sonst werde ich doch ein bißchen unglücklich, denn den Wertheimer liebe ich mir nicht, und mir haben auch nicht viel; und auf Deinen Geburtstag da müssen doch auch etliche Bouteillen aufgehn, denn da werden meine guten Freunde, jung und alt, eingeladen. Wenn ich nur ein paar Fläschchen Malaga hätte! Was recht übel war, daß mir in Frankfurt keine Flasche Champagner getrunken haben. Das betrübt mich ordentlich.» Fünf Tage später reklamiert sie: «Wenn Du nur die Güte hättest und etwa wegen des Weines von Frankfurt aus an Herrn Zapff schriebest. Ich habe gar nichts zu trinken.» Und noch dringlicher am 24. August: «Vergiß nicht, an Zapff zu schreiben, denn itzo sehe ich erst, wie notwendig der Wein ist, weil ich keinen habe. Mein Mäglichen tut mir gewaltig wehe, wenn ich keinen trinke; denn keinen Wertheimer nehm ich nicht, und was ich habe, muß ich auch auf Deinen Geburtstag aufheben. Denn wie Du weggingst, waren nur noch 16 Bouteillen da, und davon sind die Sonntage wieder welche getrunken worden, und kaufe ich doch nicht gerne welchen.» In der Tat sind 16 Bouteillen als Vorrat (Stand 30. Juli) recht wenig, wenn man gewöhnt ist, regelmäßig eine Bouteille zu leeren und dabei den Wertheimer zu verschmähen. Goethe schickt endlich aus Frankfurt die gewünschte Anweisung an

Zapff und läßt gleichzeitig einen Eimer (= zwischen 50 und 55 Liter) Markobrunner Jahrgang 1781 auf die Reise gehen («ein excellenter Wein»). Billig ist so etwas nicht, denn neben dem gewöhnlichen Marktpreis sind auch noch die Frachtgebühren, Akzise (eine am Stadttor erhobene Verbrauchssteuer) und Getränkesteuer zu entrichten. Gelegentlich werden darum auch ganze Buchhonorare ausschließlich für den Ankauf von Wein verwendet, so jene, die Goethe für seine Übersetzungen von Voltaires Dramen *Mahomet* und *Tancrède* erhielt.

Im Keller seines Hauses lagerte ein breites Sortiment: Wein aus dem Elsaß und aus dem Languedoc, roter Burgunder, aus Franken der von Goethe so besonders geschätzte Würzburger Steinwein, und nicht zu vergessen den Rheinwein vom Jahrgang 1811, der «Eilfer», auch «Kometenwein» benannt, weil sich 1811 der Halleysche Komet sehen ließ, unter Kennern ein Jahrhundertwein, den Goethe ebenso liebte wie der Connaisseur E. T. A. Hoffmann sich für ihn begeisterte; im *West-östlichen Divan* ist dem «Eilfer» sogar ein lyrisches Denkmal gesetzt worden. Mit Christiane leerte er gern eine Flasche Champagner, den Christiane über alles liebte. Die letzten Worte, die sie kurz vor ihrem Ende an Goethe schreibt, gelten der betrüblichen Tatsache: «Champagner ist diesmal in unserm Keller gar nicht zu finden.»

Wein galt damals auch als Medizin und wurde von den Ärzten verordnet; das gab dem Zecher die angenehme Gewißheit, mit jedem Schluck etwas Gutes für seine Gesundheit zu tun. Allerdings bedurften weder Christiane noch Goethe solcher Vorwände, dafür tranken sie viel zu gern. Johann Heinrich Voß, Sohn des Homer-Übersetzers, der einige Zeit in Goethes Haus lebte, hat 1804 die folgende bezaubernde Szene festgehalten: «Gestern vor acht Tagen *(Mittwoch, den 28. November)* wurde er so gut aufgeräumt, daß er die Vulpius bat, die Persikoflasche *(eine Flasche mit Pfirsichlikör)* zu holen. Bei der Gelegenheit fiel ihm eine Begebenheit ein, wo er vor zwanzig Jahren auch die Persikoflasche nicht geschont habe, und fing an zu erzählen, und während dessen wurde das Gläschen oft gefüllt und ging in die Runde. Die Vulpius leerte es dreimal und ward in den dritten Himmel gesetzt, und als Goethe einmal hinausging, strömte ihr Herz über zu des lieben Geheimerats Lobe.»

Christiane vertrug wohl nicht viel, Goethe desto mehr. «Er konnte fürchterlich trinken», bemerkte der Herzog einmal bewundernd. Wie sehr, demonstrierte Goethe mit 78 Jahren in aller Öffentlichkeit beim Fest der Armbrustschützengilde in Weimar. Mit Staunen beobachtete dabei der Maler Wilhelm Zahn: «Eine große Gesellschaft war versammelt, und der edle Wein floß in Strömen. Alle tranken tapfer, aber der alte Goethe am tapfersten. Mit innigem Behagen sah er einen nach dem andern matt werden und kläglich abfallen. Ihm allein konnte der Wein nichts anhaben. Wie ein siegender Feldherr überblickte er das Schlachtfeld und die niedergetrunkenen Reihen.»

Aber gelegentlich wird auch der tapferste Zecher schwach. Nach einer unverbürgten Anekdote soll Goethe mit Heinrich Meyer einmal an einem Nachmittag einen frisch aus Florenz eingetroffenen weißen Chianti dermaßen probiert haben, daß er nicht mehr in der Lage gewesen sei, einen ausländischen Besucher zu empfangen. Meyer, auch schon nicht mehr ganz sicher auf den Beinen, soll daraufhin den Wartenden beschieden haben: «Exzellenz könne Sie nit spreche, Exzellenz seien b'soffe!» Auch Riemer erwähnt im Juni 1814 einmal eine Rollenprobe, die schief ging, denn: «Er hatte schon zuviel getrunken.» Eine überaus originelle Anekdote, die sich 1818 in Karlsbad zutrug, bekam der Schauspieler Eduard Genast von Goethes Hausarzt Wilhelm Rehbein erzählt:

«Der treue Diener Goethes, Karl, erhält am 27. August früh Befehl, zwei Flaschen Rotwein nebst zwei Gläsern heraufzubringen und in den (...) sich gegenüberliegenden Fenstern aufzustellen. Nachdem dies geschehen, beginnt Goethe seinen Rundgang im Zimmer, wobei er in abgemessenen Zwischenräumen an einem Fenster stehen bleibt, dann am andern, um jedesmal ein Glas zu leeren. Nach einer geraumen Weile tritt Rehbein, der ihn nach Karlsbad begleitet hatte, ein.

GOETHE: Ihr seid mir ein schöner Freund! Was für einen Tag haben wir heute und welches Datum?

REHBEIN: Den siebenundzwanzigsten August, Exzellenz.

GOETHE: Nein, es ist der achtundzwanzigste und mein Geburtstag.

REHBEIN: Ach was, den vergesse ich nie; wir haben den siebenundzwanzigsten.

GOETHE: Es ist nicht wahr! Wir haben den achtundzwanzigsten.

REHBEIN: (determiniert): Den siebenundzwanzigsten!

GOETHE: (klingelt, Karl tritt ein): Was für ein Datum haben wir heute?

KARL: Den siebenundzwanzigsten, Exzellenz.

GOETHE: Daß dich – Kalender her! (Karl bringt den Kalender.)

GOETHE: (nach langer Pause): Donnerwetter! Da habe ich mich ja umsonst besoffen.»

Zehn Jahre zuvor hatte er in weiser Lebensbetrachtung an seinen Sohn August geschrieben: «Wir leben nach unserer alten Weise still und fleißig, in allem etwas mäßiger als vorm Jahre, besonders auch was den Wein betrifft; wobei mir denn lieb ist, aus Deinem Brief zu sehen, daß Du Dich auch vor diesem so sehr zur Gewohnheit gewordenen Getränk in Acht nimmst, das mehr als man glaubt einem besonnenen heitern und tätigen Leben entgegen wirkt.» Aber drei Jahre später schreibt er an Christiane: «Herr Raabe fährt nach Weimar, und es wäre mir angenehm, durch den rückkehrenden Kutscher einige Flaschen Wein zu erhalten, weil wir alles das Überschickte schon von der Erde weggetrunken haben. Künftighin muß ich mir einen größeren Keller hier anlegen. Der vortreffliche Juvenil versäumt auch nicht, seinen Teil von der hellen Sorte zu trinken, und so weiß man gar nicht, wo dieses Gewächs des Weinstocks alles hinkommt.»

Der «vortreffliche Juvenil», 21 Jahre alt, war früh von seinen Eltern an den Weingenuß gewöhnt worden. Schon 1801 hatte Charlotte von Stein ihrem Sohn Fritz von August berichtet: «Der arme Junge dauert mich, er war entsetzlich betrübt, aber er ist schon gewohnt, sein Leiden zu vertrinken, neulich hat er in einem Klub von der Klasse seiner Mutter siebzehn Gläser Champagner-Wein getrunken, und ich hatte alle Mühe, ihn bei mir vom Wein abzuhalten.» Das «entsetzlich betrübt» wird stimmen, denn die Briefstelle bezieht sich auf Goethes schwere Krankheit, aber gleich «siebzehn Gläser Champagner-Wein»? Ich vermute eher, daß August an den Gläsern genippt haben wird, doch schon das ist für einen Elfjährigen entschieden zu viel. Als August dann 1830, noch nicht ganz 41 Jahre alt, in Rom stirbt, hatte er sich in den Tod getrunken. Goethe hat daraus keine Schlüsse gezogen, obwohl ihm die Sucht des Sohnes nur allzu bekannt war – im Gegenteil, er fand nichts dabei, seine kleinen Enkel mit Rheinwein, dem er bereits während der Arbeit rege zusprach, zu tractieren, wenn sie in seinem Arbeitszimmer ihre Schularbeiten machten, «und sich herzlich zu freuen, wenn sie ganz fröhlich wurden und das Lernen völlig vergaßen». Die Erkenntnis aus dem *West-östlichen Divan* «Wie man getrunken hat / Weiß man das Rechte» scheint sich doch wohl nicht immer zu bewähren.

XII

Schreiben – Daumen Schrauben es ist bey mir einerley –
CATHARINA ELISABETH GOETHE

IHREN ERSTEN BRIEF an Christiane schreibt Goethes Mutter am 20. Juni 1793: «Daß Ihnen die überschickten Sachen Freude gemacht haben, war mir sehr angenehm – tragen Sie dieselben als ein kleines Andencken von der Mutter deßjenigen den Sie Lieben und hochachten und der wircklich auch Liebe und hochachtung verdient.»

Catharina Elisabeth Goethe hat ihren Beinamen «Frau Aja» nach dem Volksbuch von den vier Haimonskindern, deren Mutter Aja heißt. Aber in *Dichtung und Wahrheit* lesen wir auch noch eine andere Erklärung: «Meine Mutter (...) wußte in ihrer tüchtigen graden Art sich gleich ins Mittelalter zurückzusetzen, um als *Aja* bei irgend einer lombardischen oder byzantinischen Prinzessin angestellt zu sein. Nicht anders als Frau Aja ward sie genannt und sie gefiel sich in dem Scherze und ging so eher in die Phantastereien der Jugend mit ein, als sie schon in Götz von Berlichingens Hausfrau ihr Ebenbild zu erblicken glaubte.» Hier wird aus dem italienischen *ajo* die weibliche *aja* für die Hofmeisterin, wenngleich die andere Deutung doch wohl wahrscheinlicher ist. Wieland schreibt 1777: «Unsern Gruß zuvor, liebe Frau Mutter Aja! daß Ew. Liebden nicht gerne schreiben ist recht und billig – die erste große Frau Aja konnte nicht einmal lesen und schreiben und war doch Reinholds Mutter.»

Frau Aja, wie sie auch auf diesen Seiten bevorzugt genannt wird, ist eine fröhliche, vitale, unkomplizierte Frau, und ohne dieses starke Naturell hätte sie wohl die Mühsal einer 34 Jahre währenden Ehe mit einem hypochondrischen, griesgrämigen Pedanten schwerlich überstehen können. Ihr eigentliches Leben, einem Aufblühen vergleichbar, beginnt denn auch erst 1782 nach dem Tode des Ehemanns. Was ihr aber auch immer die Kraft gegeben hat, ist die Liebe zu ihrem Sohn, den sie bis an das Ende ihrer Tage gern den «Hätschelhans» nennt. Mutter und Sohn sehen sich nur sehr selten; in Weimar, seiner Wirkungsstätte, ist sie nie gewesen. Ihre Beschäftigung mit Literatur ist untrennbar mit dem Stolz auf den Sohn, auf diesen Sohn, verbunden, Stolz auch darauf, daß auch die anderen Dichter jener Zeit, Schiller etwa oder Wieland, dem Sohn so eng verbunden sind. Wer ihren Sohn glücklich macht, versichert sich auch ihrer Gunst, und so ist es denn nicht weiter überraschend, daß sie Christiane – zunächst nur im Brief – mit offenen Armen aufnimmt und an ihr liebevolles, mütterliches Herz drückt.

Der Sohn dürfte der Mutter wohl erstmals im August 1792 in Frankfurt von Christiane erzählt haben, denn von diesem Monat an empfängt Christiane von Frau Aja Geschenke. Wie schon berichtet, lernen die beiden Frauen sich 1797 persönlich kennen und ein weiteres Mal 1807. «Sie verdienen seine gantze Zärtlichkeit und Liebe», schreibt Frau Aja 1798 an

Christiane nach der ersten Bekanntschaft, «auch ich freue mich Ihnen wieder zu sehn.»

Es gibt ja wahrlich genug, was sie miteinander verbindet. Zuvörderst ist es ihrer beider ganz unverstellte Natur, die spontane Äußerung von Gefühlen, ihr unverbildetes Wesen. Sodann eint sie die Liebe zur gemeinsamen Sonne Goethe. Seine Persönlichkeit, sein Wohlergehen sind Mittelpunkt ihres Daseins. Beide lieben das Theater, und beide verabscheuen das Schreiben, obwohl sie die bezauberndsten Briefe formulieren können. Die Probleme, die sich Frau Aja mit dem «Bustawiren» auflädt, sind Christiane als ihre eigenen nur zu bekannt. Wenn Frau Aja von dem Komponisten «Morzard» schreibt, ist das als ihre Schreibweise für Mozart noch unschwer zu identifizieren, und auch den «polickticker» wird man als Politiker zu deuten wissen. Komplizierter wird es, «allgerorie» als Allegorie zu verstehen, «pradiodißmuß» als Patriotismus und gar «Büßquittger» als Biskuits zu deuten – das mochte Christiane ob ihrer eigenen orthographischen Purzelbäume beruhigen, falls es sie denn je beunruhigt haben sollte, was ich mir schwer vorstellen kann. «So Tintenscheu ist nicht leicht jemand»: Dieses Bekenntnis könnte auch von Christiane stammen, der Frau Aja 1802 anvertraut: «Aber schreiben sollen Sie nicht, dictiren Sie nur das ist herrlich wenn ich nur erfahre was es bey Euch gutes gibt schreibe es wer will. Wer einen Brief von mir erhält – kan sichs als ein großes genaden Zeichen anrechnen denn Unbehaglicheres weiß ich vor mich nichts – als Briefe schreiben!! drum verdencke ich es keinem Menschen wenn er nicht schreibt – Aber schadloß halte ich alle die zu mir kommen, durch meine Zunge – Künftigen Sommer hoffe ich Ihnen meine Liebe Tochter davon zu überzeugen –» Das Komma in diesem Zitat wollen wir als ein seltenes Kleinod betrachten, für gewöhnlich steht es denn auch just an der falschen Stelle, und wozu bedarf es des Punktes, wo doch ein schöner breiter Gedankenstrich sich viel stattlicher ausnimmt. Sogar Stimulantien verschmäht sie nicht, wie sie Christiane 1807 gesteht; sie habe sich wieder an den Schnupftabak gewöhnt, «derselbe seine Würckung besonders im fließenstiel vortrefflich thut – ohne ein prißgen Taback waren meine Briefe wie Stroh – wie Frachtbriefe – aber Jetz! das geht wie geschmirt – das Gleichnüß ist nicht sonderlich hübsch aber es fält mir gerade kein anders ein –»

«Dein Liebgen», das ist – am 14. 6. 1793 – die erste Erwähnung Christianes in den Briefen der Frau Rat an ihren Sohn. «Dein Bettschatz» heißt es ein Jahr später. Das ist nicht abfällig gemeint. Die so lebensfrohe wie lebenskluge Frau Aja, lange wenig glücklich verheiratet, weiß – oder ahnt – sehr wohl, was es für ihren geliebten Hätschelhans bedeutet, im Bett glücklich zu sein und Christianes überströmende Sinnlichkeit zu genießen. Bürgerliche Bedenken kennt sie da nicht, moralisches Naserümpfen noch weniger. Auf die Nachricht von der bevorstehenden Geburt ihres Enkels Karl antwortet sie im September 1795: «Auch gratulire zum künftigen neuen Weltbürger – nur ärgert mich daß ich mein Enckelein nicht darf ins Anzeigblättgen setzen laßen – und ein öffendliches Freudenfest anstellen – doch da unter diesem Mond nichts Vollkommenes anzutrefen ist, so tröste ich mich damit, daß mein Hätschelhans vergnügt und glücklicher als in einer fatalen Ehe ist – Küße mir deinen Bettschatz und den kleinen Augst – und sage letzterem – daß das Christkindlein Ihm schöne Sachen von der Großmutter bringen soll.»

August, der Enkel, von ihr nie anders denn «Augst» geschrieben, ist ihre ganze Freude, und des Sohnes Bitten um schönes Spielzeug zum Weihnachtsfest erfüllt sie gern. Nur einmal weigert sie sich, ja sie wird sogar ärgerlich über ihren Hätschelhans. Hatte der doch tatsächlich, man möchte es nicht glauben, für seinen vierjährigen Sohn eine Spielzeugguillotine bei ihr bestellt. Aber da kommt er bei Frau Aja schlecht an: «Lieber Sohn! Alles was ich dir zu gefallen thun kan, geschieht gern und macht mir selbst Freude – aber eine solche infame Mordmaschine zu kaufen – das thue ich um keinen preiß – wäre ich Obrigkeit die Verfertiger hätten an

Halseißen gemußt – und die Maschine hätte ich durch den Schinder öffendtlich verbrennen laßen – was! die Jugendt mit so etwas abscheuliches spielen zu laßen – ihnen Mord und Blutvergießen als einen Zeitvertreib in die Hände geben – nein da wird nichts draus.»

Von 1793 an, als sie ihren ersten Brief an Christiane richtet, wird diese zunehmend zur Adressatin: «Wenn ich aber so einen Lieben Brief aus Weimar bekomme –», schreibt sie 1798, «dann geht alles flinck von statten – und ich fühle mich immer um 10 Jahre jünger – Jetzt wißen Sie das mittel mich zu verjüngen – geben Sie mir zuweilen solche Lebens-tropfen und ich Tantze noch den Ehren tantz auf Augsts Hochzeit.»

Auch wenn sich die Frauen damals noch keine Gedanken über ihr Gewicht machten und auf überflüssige Pfunde nichts gaben, so scheint Christiane, die 1803 korpulent zu werden beginnt, offenbar eine gewisse Besorgnis gegenüber der Schwiegermutter geäußert zu haben, denn die tröstet im September 1803: «Sie haben also wohl zugenommen, Sind hübsch Corpulent geworden das freut mich, denn es ist ein Zeichen guter Gesundheit – und ist in unserer Familie üblich.» Das muß wohl stimmen, denn auch Goethe hat seit einigen Jahren mächtig an Leibesfülle gewonnen, was ganz Weimar naserümpfend kommentiert.

Christianes Reaktionen auf die Briefe der «lieben Mutter» sind anfangs noch verhalten, was man gut versteht, finden dann aber schon bald zu Wärme und Vertrauen. Wie wird die «liebe Mutter» einen Brief vom «Bettschatz» aufnehmen, nachdem sie durch den Sohn Kleiderstoff nach Weimar hat schicken lassen? «Ich habe was ohne Dein Wissen getan», schreibt Christiane im Juni 1793 in das Mainzer Feldlager, «ich habe an die liebe Mutter geschrieben und mich bei ihr bedankt, mein Herz ließ mir es nicht anders zu, ich mußte schreiben, Du wirst doch nicht böse darüber? Der Brief wird nun freilich nicht recht sein, aber bitte die liebe Mutter, daß sie nicht böse auf mich wird, und sage ihr, daß ich es nicht besser kann. Ach Lieber, wenn Du nur hier wärst und sähest, wie ich mich über das alles freue, aber am meisten freu ich mich, daß die liebe Mutter nicht böse auf mich ist, das macht mich sehr glücklich, denn das hat mich noch mannichmal betrübt.» Die Ängstlichkeit und Unsicherheit, die sich hier artikuliert, versteht sich aus der schwierigen Situation Christianes, sowohl in Weimar als auch gegenüber der ihr unbekannten Frau Rat, die vielleicht ähnlich wie die Weimarer Damen die Liaison ihres Sohnes kritisiert?

Aber Goethe kann sie eine Woche später beruhigen: «Du hast recht wohl getan, an meine Mutter zu schreiben, sie wird es ja wohl lesen können. Sie ist Dir recht gut, denn ich habe ihr erzählt, wie Du so brav bist und mich so glücklich machst.» Und das ist für Frau Aja schließlich das allerwichtigste.

Erleichtert antwortet Christiane einige Tage später: «Die Frau Rätin hat mir einen recht lieben Brief geschrieben. Der hat mir einen rechten vergnügten Tag gemacht. Sei nur so gut und entschuldige mich wegen meinem Schreiben. Sie hat sich bei mir nach dem Kleinen erkundigt, und da habe ich ihr wieder geantwortet, ich wünsche mir nur, sie noch einmal in meinem Leben zu sehen und zu sprechen. Sie muß eine recht gute Frau sein, Dich hat sie auch recht lieb.»

Das bezieht sich auf den eingangs zitierten Brief vom 20.6.1793. Selbst als sie Anfang August 1797 Frau Aja kennengelernt hat und drei Tage mit ihr zusammen war, empfindet sie noch Unsicherheit und schreibt an Goethe, der sich noch in Frankfurt aufhält: «Wenn Du diesen Brief der lieben Frau Rätin gibst, so entschuldige mich ja wegen meines Schreibens, ich bin recht böse auf mich selbst, daß ich auch gar nichts kann.»

Weder Goethe noch seine Mutter haben jemals solcher Selbstkritik beigepflichtet, schließlich hatten sie ja auch ihre eigenen Schwierigkeiten mit dem Schreiben, auch wenn der Sohn nicht gerade die Ansicht der Mutter teilte, daß es keinen Unterschied mache, ob man Daumenschrauben angelegt bekomme oder schreibe. So drastisch hat es auch Christiane nicht formuliert, aber ähnlich gedacht hat sie bestimmt. Daß freilich ihre Schreibweise, ihre Ausdrucksformen, ja sogar ihre eigenwillige Rechtschreibung einer fernen Nachwelt zur Quelle ständigen Entzückens werden würde, dazu hätte es wohl selbst Goethe am rechten Vorstellungsvermögen gemangelt.

XIII

Das ist die wahre Liebe, die immer und immer sich
gleich bleibt,
Wenn man ihr alles gewährt, wenn man ihr alles
versagt.

Der Briefwechsel zwischen Goethe und Christiane umfaßt 601 Briefe, davon 354 von Goethe und 247 von Christiane. Aber diese Korrespondenz ist sehr fragmentarisch. Alle Briefe vor 1792 hat Goethe vernichtet, Briefe Christianes fehlen für die Jahre von 1804 bis 1809 ganz, und auch sonst klaffen schmerzliche Lücken. Denn der ursprüngliche Bestand, vor allem an Briefen Christianes, muß um ein Vielfaches größer gewesen sein, auch wenn man ihre bekannte und immer wieder beteuerte Schreibunlust berücksichtigt, denn Goethe ist in all den Jahren ihres gemeinsamen Lebens sehr viel auf Reisen gewesen, und da schrieb man sich natürlich mehr als sonst. Der Aufenthalt in Venedig und während der Herbstmanöver 1790 betrug zusammen 174 Tage der Abwesenheit; die Kampagne in Frankreich 1792 hielt Goethe 131 Tage von Hause fern; während seiner Kuraufenthalte in Karlsbad und Teplitz ist Goethe oft Monate fort, so 1810 insgesamt 147 Tage, und während der großen Reise nach Frankfurt, Wiesbaden und an den Rhein 1814 dauerte die Abwesenheit 141 Tage, die Schweizerreise 1797 hatte dagegen nur 114 Tage beansprucht. Doch man muß dazu auch die zahlreichen Aufenthalte in Jena hinzurechnen, die Goethe für seine Arbeit braucht, denn: «Du weißt, daß ich zu Hause nicht zur Sammlung kommen kann.» Das schreibt er am 1. Mai 1796, in einem Jahr also, in dem er 146 Tage von Weimar fort ist.

In den 27 Jahren ihrer Lebensgemeinschaft hat Christiane gelernt und begriffen: Goethe darf unter gar keinen Umständen gestört werden, er bedarf der Abwesenheit und des absoluten Alleinseins für das, was ihm das wichtigste ist: seine Arbeit, und diese Einsamkeit findet er auch als Kurgast in Karlsbad und Teplitz. «Übrigens bin ich fleißig gewesen», schreibt er ihr am 10. August 1807 aus Karlsbad, «habe viel diktiert und bringe gewiß für das Doppelte meiner Ausgaben Manuskript zurück, an Romanen und kleinen Erzählungen. Auch darüber habe ich mir Pläne gemacht. Wie mir denn überhaupt meine hiesige Einsamkeit manchen guten Gedanken zugeführt hat.»

Daß Christiane, die sich so oft alleingelassen sieht, darüber nicht erfreut ist, auch wenn sie die Notwendigkeit durchaus begreift, ist wohl verständlich: «Daß Du so lange drüben bleiben willst, ist mir freilich nicht recht; aber wenn der Roman nicht fertig ist, so hilft es doch nichts», schreibt sie ihm im März 1796 nach Jena, wohl wissend, daß Goethe große Probleme mit der Arbeit an *Wilhelm Meisters Lehrjahren* zu bewältigen hat. Aber er läßt sie und das Kind doch auch zwischendurch auf einige Tage nach Jena kommen, so ist sie 1796 vom 8. bis 12. März, für wenige Tage Ende Mai und vom 19. bis 25. September bei ihm. Manchmal bittet sie vorsichtig um ein Wiedersehen mit dem ängstlichen Zusatz: «Mir können ja in dem Nebenstübchen sein, ich bringe mir was zu arbeiten mit.» Aus kleinen Indizien ermittelt sie die Dauer seiner Abwesenheit: «Daß Du die Decke verlangst, kommt mir vor, als wenn das Gedicht nicht in Jena fertig werden wollte. Da hätte mein Gebet diesmal nichts geholfen.» Oft genug schwankt ihre Stimmung zwischen Sehnsucht und der Besorgnis, ihm lästig zu sein: «Daß Du Dich auch wieder nach uns sehnest, freut mich, weil es mir ebenso geht. Mir ist alles gar nicht recht; man sagt sogar, ich habe sehr übeln Humor. (...) Ich will Dich auch wegen des nüberkommens nicht quälen, und wenn ich es nur 2 Stunden vorher erführ, daß mir Dich holen sollten, so will ich bereit sein. Sollte es Dir aber gemütlicher sein, einmal, wenn Du fertig bist, allein rüber zu uns zu kommen, so wirst Du Dein Haus immer in der besten Ordnung finden. Du mußt Dich wegen uns in nichts irre machen lassen. Denn mir waren schon einmal schuld, daß das Gedicht nicht fertig wurde.» Das bezieht sich auf ihren Besuch in Jena vom 19. bis 25. September 1796; das Gefühl, gestört zu haben, wirkt noch jetzt ein halbes Jahr später nach.

Was sie besonders vermißt, ist die Nähe des Geliebten und seine Zärtlichkeiten. Dann ist ihre starke Sinnlichkeit geweckt, und sie fühlt sich sehr «hasig». An einem Mai-Abend 1797 schreibt sie: «Aus lauter Hasigkeit möchte ich, wenn es nur einigermaßen anginge, ein Wägelichen nehmen und mit dem Bübechen zu Dir fahren, damit ich nur recht vergnügt sein könnte. Da es aber nicht geht, so will ich sehen, ob ich nicht irgend jemand finde, der mit mir im Garten herumspringt.» Um ihm die Dringlichkeit ihres Begehrens recht deutlich zu machen, wiederholt sie am nächsten Tag: «Ich bin heute noch sehr hasig» und vier Tage später: «Hasig bin ich noch immer.» Da hat der vielbeschäftigte Dichter («Du mußt es dreimal sagen») ein Einsehen, und Christiane darf für den nächsten und übernächsten Tag nach Jena.

Aber nicht ohne Voranmeldung. Als sie ihm im November 1798 mitteilt, sie habe sich vorgenommen, «Dich unverhofft zu besuchen», wird sie zwar freundlich, doch sehr entschieden vermahnt: «Meine Arbeiten fangen an zu rücken, doch langsamer als sonst. Ich bitte Dich daher, nicht unvermutet herüber zu kommen; ich muß es wieder auf meine gewöhnliche Art halten und hier so lange in einem Stücke arbeiten, als ich mag und kann. Alsdann wollen wir wieder vergnügt beisammen sein.» Und um einem möglichen Argwohn Christianes gleich die Spitze zu nehmen – sie hatte ihm nämlich geschrieben, sie träume jede Nacht davon, er mache in Jena allzuviele Äugelchen –, setzt Goethe hinzu: «Äugelchen gibt's hier gar nicht, die alten sind abgestorben, und Neues ist nichts nachgewachsen.»

Goethes Abwesenheiten schaffen nicht nur Probleme, die aus erotischer Unterversorgtheit resultieren, sie bringen auch kulinarische Sorgen mit sich, die ihm – so scheint es – in manchen Zeiten fast wichtiger gewesen sein müssen als alles andere. Goethe ißt gern und gut, und er sieht auf Qualität. Zwar muß nicht an jedem Tag der Tisch üppig bestellt sein, aber er legt schon Wert auf Leckeres, und daran muß es ihm oft gemangelt haben. Da hat ihm ein Meerrettich-Gericht den ganzen Nachmittag verdorben, die Chocolade ist ihm nicht bekommen, weil man sie in Jena offenbar nicht richtig zu bereiten versteht, die Knackwürste sind etwas salzig gewesen, Selterswasser ist nicht zu bekommen, aber mit dem Pyrmonter läßt sich ja auch leben. Liest man die aus Jena an Christiane gerichteten Briefe, so bekommt unser Goethe-Bild einen Zug, den man als genäschig bezeichnen möchte. Nein, auf gar keinen Fall Schweinefleisch, wohl aber Schinken zum Frühstück; «Froschkeulchen» sind sehr willkommen, und natürlich Spargel, den Christiane selber zieht; Salatöl aus der Weimarer Küche, weil das in Jena erhältliche ungenießbar ist; Würste und eingemachte Bohnen. Und immer wieder bereits fertiggebratenes Fleisch, das als kalter Braten verzehrt werden kann. Wie es aber auf gar keinen Fall zugehen darf, lehrt uns sein Brief vom 17. April 1810:

«Unsere Geschäfte gehen hier sehr gut; nur bringt mich

leider das Essen beinahe zur Verzweiflung. Ich übertreibe nicht, wenn ich sage, daß ich vier, fünf Tage bloß von Cervelatwurst, Brot und rotem Wein gelebt. Auch sehe ich unter den hiesigen Umständen gar keine Rettung und wäre, weil es mir zuletzt doch schädlich werden muß, schon wieder hinübergefahren, wenn es unser Geschäft nur einigermaßen zuließe. Ich bitte Dich also aufs allerinständigste, mir mit jedem Boten-Tage etwas Gutes, Gebratenes, einen Schöpsenbraten, einen Kapaun, ja einen Truthahn zu schicken, *es mag kosten, was es will*, damit wir nur zum Frühstück, zum Abendessen, und wenn es zu Mittag gar zu schlecht ist, irgend etwas haben, was sich nicht vom Schwein herschreibt. Ich mag Dir nicht sagen, wie verdrießlich und ärgerlich ich die Zeit her gewesen bin, wenn ich mit einem übertriebenen und ganz unschicklichen Aufwand entweder hungern oder etwas genießen mußte, was mir offenbar schädlich war.»

Für die Botenfrauen, die für die tägliche Kommunikation zwischen Weimar und Jena sorgen, gibt es da viel zu tun. Eine Woche später heißt es: «Die Chocolade ist mir sehr zur guten Stunde angekommen: denn ich habe diesen Morgen allerlei Proben gemacht mit Kaffee und hiesiger Chocolade, es hat aber nicht gehen wollen. Gleichfalls danke ich für die guten, gebratenen Bissen. Schicke mir ja wieder etwas dergleichen.» Das «wir» in diesen Briefen schließt den treuen Riemer ein, der dem Meister auch in Jena zur Hand geht.

Christiane hatte schon Jahre zuvor einmal geschrieben: «Es betrübt mich recht, daß mein lieber Schatz so übel mit dem Essen daran ist; das ist immer das Schlimme bei Deinem Aufenthalt in Jena. Ich wollte, ich wäre darüben, ich wollte Dir gerne alles selbst kochen. Wenn wir wieder zusammenkommen, so sollst Du alles auf das beste haben.» Und während sie in Haus und Garten fleißig ist, bricht sie einmal in den Stoßseufzer aus: «Mit Deiner Arbeit ist es schön: was Du einmal gemacht hast, bleibt ewig; aber mit uns armen Schindludern ist es ganz anders. Ich hatte den Hausgarten sehr in Ordnung, gepflanzt und alles. In einer Nacht haben mir die

Schnecken beinahe alles aufgefressen, meine schönen Gurken sind fast alle weg, und ich muß wieder von vorne anfangen.»

Wer Christiane vorwirft, sie sei zu sorglos mit dem Haushaltsgeld umgegangen und sparsames Wirtschaften sei nicht gerade ihre Stärke gewesen, der sollte sich Goethes Wunschzettels erinnern mit dem unterstrichenen Zusatz «es mag kosten, was es will». Nicht nur ging der doppelte Haushalt ins Geld, nicht nur schlugen die täglichen Boten- und Fuhrkosten zu Buche, sondern man hat auch gern die Zeitumstände übersehen. Wenn Goethe etwa nach Chocolade und Kaffee verlangt, so ist daran zu erinnern, daß dies zur Zeit von Napoleons Kontinentalsperre geschieht, und in jenen Jahren konnten Kaffee und Chocolade nicht auf legale Weise importiert werden. Das bedeutet: die von Goethe erbetenen Genußmittel waren Schmuggelware, nur im Schwarzhandel erhältlich, zu Preisen, wie sie nur jemand mit Goethes Einkünften bezahlen konnte.

Trotz seines häufigen und langwährenden Fernseins vergißt Goethe nie ihre Gedenktage, den 12. Juli, den beide immer als ihren eigentlichen Hochzeitstag gefeiert haben, und den 6. August, an dem sie – kurios genug – Christianes Geburtstag begehen, der ja tatsächlich auf den 1. Juni fällt. Am 5. August 1798 schreibt Goethe: «Hier schicke ich Dir, mit einem herzlichen Wunsche zu Deinem Geburtstag, einiges Obst, damit Du es mit August verzehrst und Dich dabei meiner Liebe erinnerst. Wie sehr wünschte ich, dieses Fest im Stillen mit Dir zu begehen, allein ich habe wohlgetan, mich nach Jena zu begeben; selbst hier wird es mir schwer, mich wieder völlig zu sammeln, und ich habe bisher eigentlich noch nichts Rechts getan. In der nächsten Woche, denk ich, soll es werden, da ich denn sehr zufrieden sein will, indem die Zeit zu drängen anfängt.» Ihm ist es wichtig, daß Christiane immer selbständiger wird und lernt, unabhängig die Geschäfte auf Gut Ober-Roßla («Rossel» sagt Christiane) zu leiten, das Goethe von 1798 bis 1803 besessen hat und es dann wegen seiner Unwirtschaftlichkeit verkaufte, übrigens mit einem Gewinn von zweitausend Talern: «Es ist recht gut, wenn Du alles näher kennen lernst. Betrübe Dich nicht über das, was außer Dir vorgeht! die Menschen sind nicht anders gegen einander, im Großen wie im Kleinen. Denke, daß ich Dich liebe, und daß ich keine andre Sorge habe, als Dir eine unabhängige Existenz zu verschaffen; es wird mir ja das auch wie so manches andre gelingen. Tue nur jeden Tag das Nötige, weiter bleibt uns in guten und bösen Zeiten nicht übrig. Sorge für das gute Kind und denke, daß uns nichts fehlen kann, so lange wir beisammen sind.»

Worauf Christiane erwidert: «Ich danke Dir von ganzem Herzen, daß Du an meinen Geburtstag denkest. Du bist diesmal der einzige; alle meine Freundinnen scheinen ihn auf einmal vergessen zu haben. Ich bin aber gar nicht mehr betrübt darüber. Ich habe Deine Liebe und bin überzeugt, daß Du mich sehr liebst. Dies soll mich immer, wenn die Menschen mich betrüben, wieder zufrieden und froh machen.»

Goethe sind die regelmäßigen Klausuren, die er sich verschrieb, zwar überaus nötig gewesen, aber sie sind ihm nicht immer so leichtgeworden, wie es den Anschein haben könnte. In einem Brief, in dem er Christiane dankt, daß sie ihm ihr vorübergehendes Kranksein verschwiegen hat, um ihn nicht mitten in seiner Arbeit zu beunruhigen, steht der aufschlußreiche Satz: «Meine Abwesenheit wird mir dadurch leidlich, daß ich für euch arbeite.»

Selbst der sonst so geliebte Badeaufenthalt in Karlsbad oder Teplitz, der ja immer auch Teil einer Arbeitsklausur ist, kann ihm da zuviel werden, denn er schreibt im Juli 1813 aus Teplitz:

«Ich denke jetzt nur, meine Arbeit zu vollenden und zu euch zurückzukehren; ich habe es recht satt, wie Schillers Taucher, *allein in der gräßlichen Einsamkeit* und wohl gar *unter den Ungeheuern der traurigen Öde* zu leben.»

Einen Monat später wird er in dem Gedicht *Gefunden*

der 25 Jahre ihrer Gemeinsamkeit und ihrer dauerhaften Liebe gedenken: «Nun zweigt und blüht es / Mir immer fort.»

XIV

Arm und kleiderlos war sie, als ich das Mädchen
geworben,
Damals gefiel sie mir nackt, wie sie mir jetzt noch
gefällt.

Als Thomas Mann 1948 seine *Phantasie über Goethe* veröffentlichte, hatte er für die Würdigung Christianes ganze acht Zeilen übrig: «Es war damals, daß er zur händeringenden Verzweiflung seiner verlassenen Iphigenie und Prinzessin von Este, der Stein, und zur Entrüstung aller Leute von Stand und Moral ein kleines Blumenmädchen, sehr hübsch und gründlich ungebildet, un bel pezzo di carne, Christiane Vulpius mit Namen, als Bettschatz zu sich nahm, ein Verhältnis von herausfordernder Libertinage, das er erst viele Jahre später legalisierte und das die Gesellschaft weder ihm noch ihr jemals verzieh.»

Die Frau, die Goethes Leben 27 Jahre lang geteilt und die

er unzweifelhaft sehr geliebt hat, mit «un bel pezzo di carne» (ein schönes Stück Fleisch) zu charakterisieren, gehört ganz in die Tradition jener Verunglimpfungen, von denen Christiane, seit sie in Goethes Leben trat, begleitet worden ist – und das weit über ihren Tod hinaus. Thomas Mann mag seine Formulierung als anmutig empfunden haben, tatsächlich aber steckt sie voller Niedertracht, ist sie doch nur ein phantasieloses Nachplappern alter hämischer Verleumdungen.

Im Gefolge sogenannter Genies ist nichts unerträglicher als die Verehrer der Verehrten, die stets am besten wissen, was den von ihnen Bewunderten am meisten frommt. Daß Goethe nicht die Frau zur Lebensgefährtin wählte, die seine Mit- und Nachwelt für die beste hielt (konkrete Vorschläge wurden freilich nie gemacht), mochte man dem Dichter nicht vergeben, besonders darum nicht, weil eben jeder Christiane – von Frau von Stein bis Thomas Mann – für «gründlich ungebildet» hielt.

Am 21. Dezember 1808 – da lebte Christiane nun schon seit zwanzig Jahren an Goethes Seite – notiert Weimars Kanzler von Müller: «Wieland verglich recht passend die Vulpius mit einer Otaheitin.»

Seit der Entdeckung Tahitis – im 18. Jahrhundert «Otaheiti» genannt – gibt es den erotisch-exotischen Südseetraum der Europäer, gilt die Insel Otaheiti als Inbegriff des ganz realen irdischen Paradieses, als Inbegriff einer unberührten Natur, als Inbegriff unbegrenzten erotischen Glücks. Wielands Vergleich kommt Goethes eigener Charakteristik nahe, wenn er Christiane als «kleines Naturwesen» bezeichnet. Das wissen wir nicht von ihm selbst, aber aus einer Erwähnung in einem Brief Christianes vom 21. 2. 1797. Für Goethe – und da ist er ganz ein Schüler Rousseaus – ist die Natur das Höchste, Reinste, Unverstellteste. Und es ist Christianes Unverstelltheit, ihre Nähe zur Natur, die Selbstverständlichkeit ihres Daseins, das keiner Verstellung und Verkleidung bedarf, die Goethe entzückt. Und dazu gehört ganz wesentlich auch

Christianes unbekümmerte und fröhlich ausgelebte Sinnlichkeit.

Wir können uns heute, am Ausgang des 20. Jahrhunderts, die damals betriebene Verpönung der Nacktheit kaum vorstellen. Gewiß, für das 18. Jahrhundert ist die Sexualität und ihre Bedürfnisse etwas Natürliches und Normales, die Sexualität und ihre Befriedigung gehört zu den Grundbedürfnissen wie Essen und Trinken. Doch die Nacktheit wird anders bewertet; selbst freizügige erotische Darstellungen zeigen junge Frauen stets mit einem Häubchen und oft genug auch mit einem Hemd bekleidet. Auf diese Schamhaftigkeit verweist auch ein in Venedig entstandenes Epigramm Goethes:

> Nackend willst du nicht neben mir liegen, du süße
> Geliebte,
> Schamhaft hältst Du dich noch mir im Gewande verhüllt.
> Sag mir: begehr ich dein Kleid? begehr ich den lieblichen
> Körper?
> Nun, die Scham ist ein Kleid! zwischen Verliebten
> hinweg!

Diese Scheu macht verständlich, warum Goethe die ursprünglich als zweite der *Römischen Elegien* vorgesehene Dichtung nicht drucken lassen wollte. Schon die Frage «hebet am Ende / Sich ein brokatener Rock nicht wie ein wollener auf?» hätte helle Empörung ausgelöst, weil sie als besonders unsittlich empfunden worden wäre. Unsittlich wie die «Freuden des echten nacketen Amors». Die gänzliche Nacktheit galt als erotische Provokation, ihre realistische Darstellung war auch der bildenden Kunst nicht gestattet. Während der ersten Schweizerreise hatte Goethe noch mit den Brüdern Stolberg in freier Natur gänzlich unbekleidet gebadet. Im schicklichen Weimar ging das natürlich nicht, und so hatte sich Goethe, der das Schwimmen in der Ilm sehr liebte, auch eigens einen Badeanzug fertigen lassen. Im Alter erinnerte sich Carl von Stein, Charlottes Sohn, amüsiert daran, «daß nahe an der Ilm auf der Wiese vor seinem Garten in Gegenwart von Damen, die an der Tür standen, ein paar Knöpfe dieses Anzugs aufgesprungen waren und etwas Großartiges des Körpers an dem großartigen Geiste enthüllten, was er doch sorgfältig verhüllt glaubte».

Den moralischen Maßstäben, wie sie die höfische Gesellschaft Weimars gesetzt hatte, konnte Christiane, «das kleine Naturwesen», niemals gerecht werden, und Goethe verstieß gegen alle Konvention, als er sich mit Christiane verband und ihr Liebesbündnis offenbarte, künstlerisch am auffälligsten in den *Römischen Elegien.* Wielands Wort von der «Otaheitin» traf also das Problem recht genau, denn als eine exotische Wilde wurde Christiane angesehen, und hätte man die Briefe gekannt, die sie Goethe schickte, so wäre die Empörung wohl noch größer gewesen. Daß eine Frau ganz ungeniert von ihrer «Hasigkeit» sprach und von vielen schönen «Schlampampsstündchen» und fröhlich vom «Herrn von Schönfuß» des Geliebten plauderte, dergleichen brachten Frauen damals nicht zu Papier; die meisten wagten derlei nicht einmal zu denken. Daß jemand wie der Verfasser von «Ehret die Frauen! sie flechten und weben / Himmlische Rosen ins irdische Leben» mit Christiane nichts anzufangen wußte, ist nicht schwer zu verstehen.

* * *

Der jüngere Voß, der eine Zeitlang im Goethehaus wohnte, berichtet in einem Brief, Christiane rede ihren Mann mit «lieber Geheimrat» und «Sie» an, er hingegen nenne sie «liebes Kind» und «Du». Auch Wilhelm von Humboldt fällt das 1809 bei einem Besuch auf, und er schreibt seiner Frau: «Habe ich Dir schon erzählt, daß er die Frau *Du* und sie ihn *Sie* nennt? Das, siehst Du, liebes Kind, ist ein Respekt!» Das Tagebuch des österreichischen Historikers Franz Bernhard von Bucholtz hält am 27. September 1812 fest, bei einem Mittagessen im kleinen Kreis (Goethe, Christiane, August, Caroline Ulrich und der Sekretär Ernst John) habe Goethe zu Christiane «Du» gesagt, sie ihn aber mit «Sie» angeredet («Erlauben Sie, daß wir uns jetzt entfernen»). Und dem dänischen Dichter Adam Oehlenschläger fällt auf, daß Christiane Goethe mit «Herr Geheimrat» anredet.

An der Glaubwürdigkeit dieser Zeugen ist nicht zu zweifeln. Blättert man aber in der Korrespondenz, so wird man finden, daß Christiane in allen Briefen Goethe mit «Du» anspricht, wenn auch seit 1810 (aus den Jahren von 1804 bis 1809 einschließlich sind keine Briefe Christianes erhalten) die Anrede «Lieber Geheimerat» lautet. Bis dahin sind ihre Briefe – wie auch diejenigen Goethes an sie – ohne eine vorangestellte Anrede; gelegentlich beginnen Briefe Christianes mit «Lieber», «Mein Lieber» oder «Lieber Schatz». Aber 1795, 1796 und 1797 findet man gelegentlich auch Briefe, in denen sie Goethe mit «Sie» anredet oder «Du» und «Sie» abwechselnd gebraucht werden.

Die Verwendung von «Du» und «Sie» war in der Zeit von Goethe und Christiane eine andere als heute. Das «Du» wurde weitaus seltener gebraucht, das «Sie» wirkte längst nicht so distanziert wie heute, darin eher dem französischen «vous» vergleichbar. Eltern wurden von ihren Kindern mit «Sie» angesprochen (August hat seinen Vater nie mit «Du» angeredet), indes die Eltern ihre Kinder duzten, vielleicht auch deshalb, weil sie als Kinder sozial tiefer standen. Das galt erst recht für Domestiken. Goethe hat seine Dienerschaft ausnahmslos geduzt, so wollte es der allgemeine Brauch.

Etwas schwieriger war es da mit dem Herzog. Carl August und der um sieben Jahre ältere Goethe hatten sich als junge Männer kennengelernt und sehr schnell zum «Du» der Freunde gefunden. Doch als Goethe nach Weimar kam, hat er sich gegenüber dem Herzog als dem Landesherrn und Vorgesetzten niemals das vertrauliche «Du» erlaubt. Vielleicht im persönlichen Gespräch unter vier Augen, aber sicher bin ich mir nicht, denn Goethe hielt außerordentlich auf Formstrenge, über die sich der Herzog denn auch gern lustig machte. Serenissimus selber gab sich lockerer, er redet ihn auch in der Öffentlichkeit mit «Du» an und geht nur dann zum «Sie» über, wenn es in amtlicher Eigenschaft geschieht.

In der Freundschaft mit Charlotte von Stein hat sich Charlotte lange gegen Goethes Versuche gewehrt, sie mit «Du» anzusprechen. Später gestattet sie es, aber nur unter dem Vorbehalt, daß es niemals öffentlich geschehe. Als ein Brief Goethes an sie versehentlich an Herder geht und dadurch das Du bekannt wird, liefert Charlotte von Stein diese nach Entschuldigung klingende Erklärung: «Unser Freund war einmal tief von mir beleidiget als ich diese lateinische Sitte unter uns ablehnte, und von der Zeit an habe ich es so begriffen als es aus seiner treuen Seele kam.» Nach dem Bruch 1789 gingen beide wieder zum «Sie» über.

Bei aller Herzlichkeit, die in den Briefen der Frau Aja an Christiane zum Ausdruck kommt: Nie wäre es Goethes Mutter eingefallen, der Schwiegertocher das «Du» zu gewähren. Dergleichen war unter Schwiegerkindern und Schwiegereltern damals nicht üblich.

Angesichts solcher Strenge scheint es dann wieder überraschend, daß sich Gedichte, wenn sie Personen anreden, immer nur des «Du» bedienen. Im Gedicht darf der Verfasser ganz selbstverständlich den Adressaten, und sei er Herzog oder König, mit «Du» anreden. Das ist keine Vertraulichkeit; hier hat man einfach die Anrede des klassischen griechischen oder lateinischen Gedichts übernommen, unbeschadet des Faktums, daß die Antike ein «Sie» freilich nicht kannte. Im Gedicht durfte auch Goethe der Frau von Stein in aller Öffentlichkeit das «Du» geben, ohne damit Anstoß zu erregen, und sie überträgt nun – in der Rechtfertigung gegenüber Herders – diesen Brauch auch auf seine Briefe, obwohl sie selbstverständlich weiß, daß für den Brief andere Gesetze gelten. Und natürlich wissen das auch Herders.

Bei Goethe und Christiane darf man nicht vergessen, daß

sich beide vor der Eheschließung in einer – die Etikette betreffend – heiklen Situation befinden. Hat Goethe Gäste zu Tisch oder gibt er eine Gesellschaft, so ist Christiane unsichtbar. Ist sie aber dennoch zugegen, redet sie ihren Geliebten – vor anderen – mit «Sie» an, was den illegitimen Zustand der Lebensgemeinschaft und ihre gesellschaftlich mindere Position unterstreicht. Dabei ist sie dann auch nach ihrer Heirat, als sie nun selber die «Frau Geheimerätin» ist, geblieben; schließlich hatte sie das 18 Jahre lang praktiziert. Unter vier Augen mit Goethe gibt es natürlich nur das «Du» wie auch in den Briefen. Goethe mit «Sie» und «Geheimerat» anzusprechen, muß für Christiane auch ein Ausdruck ihrer hohen Achtung gewesen sein. In den Briefen der letzten Jahre wirkt die Anrede «Lieber Geheimrat» auf uns eher ironisch, wenn man dann das muntere, humorvolle Geplauder liest.

In seinem Tagebuch spricht Goethe stets von «meiner Frau» (E. T. A. Hoffmann bezeichnet seine Ehefrau im Tagebuch als «die Frau»), niemals aber von Christiane oder gar Christelchen. Wie damals üblich unterzeichnet Christiane die Briefe an ihren Mann nach 1806 mit «Deine C. v. Goethe», während er nie anders denn mit «G.» zeichnet. Was aber wichtiger ist: seinen vorletzten Brief an Christiane vom 12. September 1815 unterschreibt Goethe mit «lebe wohl, meine herzlich Geliebte». Dies ist die Signatur des Herzens.

* * *

«Auf der Redoute in Weimar», so schreibt der Medizinstudent Johann David Veit am 8. Februar 1795 an Rahel Levin, «die als eine bloße Tanzgesellschaft in dem Komödienhause, mit einigen simplen, aber geräumigen Nebenzimmern, nicht übel ist, wüßte ich nichts Merkwürdiges erlebt zu haben. Man hat Pharao gespielt, hat Goethe drehen (so nennt man hier langsam walzen) gesehen ...» – und dann kommt, wen wundert's, der unerläßliche Abschluß: «... hat die Vulpius gesehen, und abscheulich gefunden.»

Wer sich zur feinen Gesellschaft rechnete, wußte genau, wie er sich zu artikulieren hatte, und der Besucher Weimars wurde von den Damen Schiller und Stein ins Bild gesetzt, ins Zerrbild Christiane.

Als Goethes Freund Friedrich Heinrich Jacobi 1805 Weimar besucht – die Freundschaft ist inzwischen ein wenig abgekühlt –, berichtet er Carl Friedrich Zelter in einem ausführlichen Brief. Nachdem Jacobi streng gerügt hat, daß Goethe schon lange nicht mehr an Zelter geschrieben habe und Goethes Entschuldigung für dieses Versäumnis als «Lüge», ja sogar als «Scheußlichkeit» charakterisiert, liegt die Schlußfolgerung nahe, es müsse doch eine Ursache geben, warum Goethes Moral sich so unangenehm entwickelt habe. Die Verbindung mit Christiane sei so, Jacobi ist sich da ganz sicher, «daß er unmöglich darin glücklich sein kann». Am besten wäre für Goethe wohl das Verreisen, etwa nach Karlsbad, aber dorthin könne er wiederum nicht «ohne eine Umgebung, die ihn unaufhörlich in Verlegenheit setzt». Woraus Jacobi den Schluß zieht, der zweifellos zuvor eingehend mit Charlotte von Stein erörtert worden ist: «Darüber sind alle eins, daß Goethe diese gemeine Natur nicht heiraten kann; aber (setzen sie hinzu) mit welchem Rechte nötigt er uns dann, ihr zu begegnen und mit ihr umzugehen, als wäre sie unserer wert, da er sie doch seiner selbst nicht wert hält?»

Das ist es: Die höfische Gesellschaft Weimars zerbricht sich verzweifelt den Kopf über Goethes Glück und empfindet Mitleid, daß der arme Mann so tiefgesunken ist und nun selber nicht mehr die Kraft findet, sich aus Christianes Fesseln herauszuwinden.

Ein halbes Jahr später läßt Charlotte von Stein ihren Sohn Fritz wissen: «Seine Demoiselle, sagt man, betrinkt sich alle Tage, wird aber dick und fett, der arme Goethe, der lauter edle Umgebungen hätte haben sollen!»

Caroline von Wolzogen, eine Frau, der Christiane ahnungslos vertraut, giftet im Oktober 1811: «Goethe zieht sich sehr zurück; die alberne Frau gewinnt immer mehr über ihn,

ihn von der Gesellschaft abzuschneiden und in ihre Komödiantenwirtschaft zu ziehen.»

Auch Wilhelm von Humboldt, der den Klatsch mit feinsinniger Formulierung, gleichsam auf dem Silbertablett präsentiert, schreibt im Juni 1812 naserümpfend an seine Frau: «Zu den Annehmlichkeiten Weimars, die er mir auch einmal hergezählt hat, rechnet er auch ‹das Frauchen›. Das ist eins der schrecklichsten Dinge in der Ehe, daß Mann und Frau (je nachdem der eine oder andre überwiegend interessiert ist) sich durch Gewohnheit und die Befriedigung kleiner physischer Bedürfnisse so herabstimmen, daß sie das Mittelmäßige und sogar das Gemeine gut und selbst unentbehrlich finden.» Gewiß würde sich Humboldt nicht auf das Niveau einer Charlotte von Stein begeben, aber seine Bemerkung ist darum nicht weniger perfide, wenn er Goethe, der seine Christiane ganz unzweifelhaft liebt, vorwirft, er finde «sogar das Gemeine gut und selbst unentbehrlich». Aber das eben ist es, daß sich diese strengen Richter eines überhaupt nicht vorstellen können, daß es wirklich Liebe ist, die Goethe und Christiane bindet, wie ihre Briefe deutlich genug bezeugen.

Als der Hamburger Kaufmann Caspar Voght 1807 Christiane kennenlernt, meint er, sie müsse vor zwanzig Jahren sehr hübsch gewesen sein. Freilich, «den langen Umgang mit Goethe und Schiller» könne man ihr nicht anmerken; was immer das nun bedeuten mag, denn der langjährige Umgang mit Goethe war ja wohl schwerlich zu bestreiten. Vermutlich vermißt Voght eine sogenannte «literarische Bildung»; daß Goethe sie selber nicht vermißte, hat die scharfzüngigen Kritiker nie interessiert, aber ihres Bedauerns ist dennoch kein Ende. «Ich darf es manchmal gar nicht sagen», klagt Charlotte von Schiller im Januar 1811 pathetisch, «wie mich doch des Meisters Lage einengt und im Innern schmerzt; denn mir deucht, ich fühle zuweilen in seiner Seele, daß er irre in sich ist. Welcher Dämon hat ihm diese Hälfte angeschmiedet? Es gehört zu den Rätseln der Menschen-Bestimmung.»

Der Grund für diese Klage? Charlotte von Schiller hatte im Theater gesehen, daß in Goethes Loge mehrere Lichter brannten und ein Teetisch aufgestellt worden war, denn Christiane zeigte sich schwer erkältet und sollte deshalb heißen Tee trinken. Diese liebevolle Fürsorge Goethes für seine Frau durfte freilich nicht sein.

Als Goethe 1814 Frankfurt besucht, erinnert man sich dort als eines rechten Phänomens, daß dieser Mann seine Frau doch tatsächlich und allen Ernstes liebt: «Die gänzlich ungebildete, aber gutmütige Vulpius liebte er außerordentlich. War er hier, so sprach er stets von ihr mit seinen Freunden; einst begleitete er Frau Schöff Stock aus dem Theater bei Mondenscheine nach Hause, und sagte: ‹Was würde wohl meine kleine Frau dazu sagen, wenn sie sehen könnte, wie zärtlich wir hier im Schein des Mondes zusammen wandelten.›» Auch die Frankfurterin Käthe Stock wundert sich im November 1814 in einem Brief: «Er spricht mit sehr vieler Liebe von seiner Frau, und fühlt sich sehr glücklich in ihrem Besitz, denn er sagte zu der Mutter, er wäre gewiß mit niemand so glücklich gewesen, wie mit ihr. Das ist mir unbegreiflich, denn sie ist ein ungebildetes Weib, auch in ihrer Art, sich zu benehmen, nichts weniger wie artig oder angenehm, sondern wie eine lustige Magd, auch denke ich mir das Verhältnis wie eine solche zu einem alten Herrn.»

Dieses «das ist mir unbegreiflich» lesen wir wieder und wieder; es artikuliert sich darin der Verdruß darüber, daß Goethe vorher niemanden gefragt hat, wen er lieben und mit wem er zusammenleben möchte, und wir kennen solche Unzufriedenheit über die vermeintlich falsche Partnerwahl auch von Biographen E. T. A. Hoffmanns und Felix Mendelssohns.

Und da ist denn auch kein Argument zu töricht. So moquiert sich Weimars Gerüchtesieder Karl August Böttiger um 1790: «Diese Vulpius ist übrigens eine kleine unansehnliche Person, die mit dem so wohl gewachsenen, männlich schönen Goethe (man sehe das äußerst wohlgeratene Portät von Lips) nicht wenig kontrastiert.» Aber 1794 wird Böttiger gröber. Goethe habe «ekelhaft gelb im Gesicht» ausgesehen und «beinahe keine Haare mehr am Kopf» gehabt. «So sehr hatten ihn seine Kämpfe auf dem Schlachtfelde der Venus vulgivaga zum Invaliden gemacht. Jetzt hat er fast alles von seiner schlanken Apollofigur durch das sich überall ansetzende Fett verloren.» Eine *Venus vulgivaga* – die umherschweifende Venus – ist in jener Zeit die lateinische Umschreibung für die Prostitution, und auch Frau von Stein hatte ja fleißig ausgestreut, Christiane sei früher «eine ganz gemeine Hure» gewesen.

Auch jetzt, wenn es um Goethes Übergewicht geht, kann sich Charlotte von Stein natürlich nicht beruhigt auf das Faulbett legen: «Ich hatte ihn seit ein paar Monaten nicht gesehen; er war entsetzlich dick, mit kurzen Armen, die er ganz gestreckt in beide Hosentaschen hielt. Schiller hatte seinen schönen Tag und sah neben ihm wie ein himmlischer Genius aus. Seine Gesundheit war leidlich, und die blasse Ruhe auf seinem Gesicht machte ihn interessant. Ich möchte nur wissen, ob ich dem Goethe auch so physiognomisch verändert vorkomme, als er mir; er ist recht zur Erde worden, von der wir genommen sind. Der arme Goethe, der uns sonst so lieb hatte!» Die Logik des Schlußsatzes ist nicht ganz klar. Gemeint war wohl: Als Goethe «uns» – das gilt für sie und ihren Sohn Fritz, an den der Brief gerichtet ist – noch lieb hatte, war er rank und schlank und glich wohl auch einem himmlischen Genius. Jetzt aber, in den Fängen eines vulgären Weibes, wird er korpulent, wird zu Hans Adam, dem Erdenkloß.

Selbst der sechsjährige August dient ihr zum Indiz. «Ich kann manchmal in ihm die vornehmere Natur des Vaters und die gemeinere der Mutter unterscheiden. Einmal gab ich ihm ein neu Stück Geld; er drückte es an seinen Mund vor Freuden und küßte es, welches ich sonst am Vater auch gesehen habe. Ich gab ihm noch ein zweites dazu, und da rufte (*sic!*) er aus: ‹Alle Wetter!›»

So tut Kindermund die Wahrheit kund.

* * *

«Ein Titel und ein Orden», so Goethe, «hält im Gedränge manchen Puff ab.» Für Christiane gilt diese Einsicht allerdings kaum, denn der Titel «Frau Geheimerätin», den sie seit der Eheschließung führt (und aus dem sie sich überhaupt nichts macht), beendet keineswegs die ihr von Anfang an entgegengebrachte Feindseligkeit. Aber längst nicht alle haben sich abschätzig oder hämisch über sie ausgesprochen.

Im April 1800 ist August Ludwig Hülsen, der zum Kreis der jungen deutschen Romantiker gehört, in Weimar und besucht auch das Haus am Frauenplan. Darüber berichtet er in einem Brief an Friedrich Schleiermacher, und er gedenkt dabei auch Christianes: «Ich weiß, daß Goethes Genossin keineswegs eine Magd im Hause war. Ich selbst habe beide Hand in Hand und in traulichen Gesprächen öffentlich spazieren gehen sehen, und ein schöner munterer Knabe geleitete sie. Auch habe ich die Frau selbst gesprochen, und könnte nicht sagen, daß es ihr an Bildung fehlte. Sie hat sehr viel Einnehmendes, und ich sehe besonders mit Wohlgefallen ihre Liebe zu dem trefflichen Knaben, der mich ganz bezaubert hat.»

Auch ein anderer Besucher, der um diese Zeit Goethe seine Aufwartung macht, Friedrich Ludwig Christian Oertel, beschreibt Christiane als «ein kleines lebhaftes Mädchen, eben nicht schön, und auch nicht von ausgezeichnetem Verstande, aber voller Natürlichkeit». Er findet, sie mache «manche artige witzige Bemerkung», und führt das auf «Goethes Umgang» zurück, durch den sie «gebildet und intressant geworden sein» solle.

Henry Crabb Robinson, ein englischer Jurist und ausgezeichneter Kenner der Weimarer Verhältnisse, meint 1804, Christiane besitze «ein annehmbares Aussehen und Herzlichkeit, ihre Umgangsformen seien locker und frei» (She had an agreeable countenance and a hearty cordial tone, her manners were unceremonious and free). Karl Morgenstern, Dozent für Klassische Philologie an der Universität Halle, vermerkt 1808 in seinem Tagebuch, Christiane gefalle «durch Anspruchslosigkeit»: «Ganz unbefangen sprach sie von der Gesellschaft, die Goethe wöchentlich in seinem Hause hat, wo die Herzogin hinkommt! ‹Da bin ich denn natürlich nicht zugegen›, sagt sie.»

Selbst Wilhelm von Humboldt, nicht gerade Christianes Freund, meint 1808 gönnerhaft, sie sei «ein ganz leidliches Wesen», während Elisa von der Recke als einen Vorzug Christianes rühmt, «daß ich sie nie von andern Böses sprechen hörte; auch war ihre Unterhaltung, soweit ich sie kannte, immer so, daß ich mir es wohl erklären konnte, daß ihr anspruchsloser, heller, ganz natürlicher Verstand Interesse für unsern Goethe haben konnte».

Ernestine Augusti, Ehefrau des Jenaer Philologieprofessors, erinnert sich: «Frau von Goethe war eine nicht große, etwas gedrungene Gestalt mit starken Zügen, etwas gerötetem Teint und gutmütigem Ausdrucke. Obgleich unbedeutend, nicht mit den Geistesgaben ausgerüstet, ihres Mannes gewaltigem Gedankengange folgen zu können, war sie jedoch weit entfernt davon, mißstimmend auf ihn zu wirken. Im Gegenteil war ihr heiterer, lebensfroher Sinn eine Erfrischung für ihn geworden, und allmählich hatte sie ihr äußeres Wesen so zu bilden verstanden, daß sie mit allem Anstande die Honneurs ihres Hauses machen konnte. Die Ehe war eine zufriedene, keiner störte den andern; Goethe setzte etwas darein, seine Frau auch öffentlich zu ehren und seine Zuneigung zu ihr einzugestehen. Oft sah ich sie, von seinem Arme geführt; es lag dann eine stolze Zufriedenheit in ihren Mienen, und stets hegte sie einen an Furcht grenzenden Respekt vor ihrem Manne, der sich oft unverhohlen, äußerst komisch aussprach. Wenn sie in Jena war, besuchte sie mich oft; sie wußte dann immer eine Menge Neuigkeiten und plauderte so heiter in einem fort, daß es amüsant war, ihr zuzuhören. Mitunter brach sie dann plötzlich auf, um fortzueilen, und wenn ich sie zu bleiben bat, sagte sie: ‹Ich kann nicht, der *Geheimerat* zankt sonst, wenn ich länger bleibe.›»

Die von Goethe protegierte Malerin Luise Seidler meint: «Im Grunde ihres Herzens war sie doch gutmütig, dem Dichter gegenüber stets aufmerksam, sorglich pflegend, Unangenehmes abwehrend. Ihre durch nichts zu erschütternde, unbefangene Heiterkeit und ihr neckisches Geplauder waren Goethe ganz recht.»

Eine hübsche und für Christiane bezeichnende Episode, die sich um 1810 zugetragen haben muß, erzählt der Schauspieler Karl Gustav Moltke in seinen *Goethe-Reminiszenzen:* «Frau von Goethe, die, wie gesagt, viel Herz und Liebe für die kleine Kinderwelt besaß, empfing mich überaus freundlich. Erst war ich etwas schüchtern, aber Liebkosungen, Kuchen und süßer Wein stimmten mich gar bald heroischer. – Im Umsehen war ich ihr erklärter Liebling, der im Theater sogar auf der Brüstung der Goetheschen Parterreloge Platz nehmen durfte. Se. Exzellenz, der gestrenge Herr Gemahl, waren erst nicht damit einverstanden, aber die unwiderstehliche Bitte der Frau Geheimrätin siegte, und liebreich sorgte sie dafür, daß der verzogene Günstling hübsch ruhig saß, und mit den Absätzen der Schuhe nicht auf der Holzwand unter der Logenbrüstung herumtrommelte. Mitunter waren wir Schauspielerkinder von unserer mütterlichen Gönnerin, Frau von Goethe, recht zahlreich eingeladen, dann ging's natürlich nicht allzu ruhig her. So trat einstmals, als die prächtige Frau in ihrer großen Gutmütigkeit dem Kinderlärm nicht zu steuern vermochte, der empörte alte Diener zornfunkelnd heran und schrie: Der Geheimbderat könne den verfluchtigen Spektakel nicht länger ertragen. Kurze Zeit blieb's ruhig, sobald uns aber der Cerberus aus den Augen war, wurde lustig weiter spektakelt. – Plötzlich aber trat die allgefürchtete Exzellenz im langen Hausrock selber herein, in gemessenem Schritt, voll majestätischer Haltung, die Hände auf dem Rücken. Rasch flüchteten wir Kinder zu unserer guten Fee, die mich kleinen Unband liebreich umschloß. Da aber der gefürchtete

Herr beim Anblick dieser komischen Gruppe nur lächelnd mit dem Finger drohte und gar nicht schalt, fing ich mutwilliges Bürschchen an zu kichern. Der Gestrenge setzte sich und rief: ‹Kleiner Molke! (das t in meinem Namen war ihm eine grausame Härte), komm einmal her zu mir.› Etwas zaghaft ging ich zu ihm, er aber nahm mich freundlich auf sein Knie, und fragte: ‹Was habt ihr kleinen tollen Kobolde denn eigentlich getrieben, weshalb der störende Lärm?› Sogleich bekam ich wieder Courage und sagte, wir hätten getanzt und gesungen, im Garten Haschemännchen gespielt, wären dabei tüchtig herumgesprungen, an der Laube empor geklettert und hätten den Herlitzchenbaum geplündert. – ‹Was, meine Herlitzchen, die ich selbst so gern genieße, hast du kleiner Schlingel mir stibitzt? I, das ist ja recht schön!› – Mit einem wohlwollenden Backenstreich entließ mich der gestrenge Herr, und Frau von Goethe schickte uns Kinder sofort nach Haus, mit dem Bedeuten, daß wir künftig artiger sein müßten.»

Diese Impressionen machen deutlich, wie natürlich, ausgeglichen und fröhlich Christiane denen erschien, die sich ihr unbefangen näherten. Sie war bescheiden, sie wollte nichts darstellen, sie kannte sehr genau ihre Grenzen. Der Mittelpunkt ihres ganzen Daseins hieß Goethe, und ihm das Leben so ausgeglichen und behaglich wie nur möglich zu machen, erschien ihr als ihre eigentliche Berufung.

Für mich ein besonders schönes Zeugnis ist der Brief, den «Urfreund» Knebel am 2. Juli 1810 an Goethe schrieb und worin es heißt: «Nun muß ich Dir noch sagen, daß ich ganz kürzlich ein paar Tage in Weimar zugebracht habe und mir die Freiheit genommen, in Deinem Hause abzutreten, wo mich Deine Frau mit ihrer gewöhnlichen Liebe und Freundschaft aufgenommen hat. Ich habe ein paar der schönsten Frühmorgen in Deinem Garten zugebracht und durch die Güte Deiner Frau mich mit dem Egerbronnen erfrischt, der mir sehr gut bekam. Der Garten gefiel mir seiner Ordnung, Lage und Einrichtung nach ganz ungemein und ich würde ihn zu den behaglichsten Winkeln in ganz Weimar rechnen.

Alles steht da ausgewählt und gut und in manchem Betracht besser als hier in Jena, wo sich die Trockne doch schon mehr anjetzt bemerken läßt. Die Sorgfalt und Ordnung Deines Gartens ist über alles zu loben.»

Dieser Hausgarten an der Rückwand des Hauses zur Akkerwand hin, ist im wesentlichen Christianes Schöpfung gewesen, der sie viel Zeit gewidmet hat. Das literarische Kunstwerk vermochte sie nicht oder allenfalls als Bühnenstück zu beurteilen, aber das Kunstwerk, das ein Garten darstellt, ist ihr unbestrittenes Metier gewesen, und da durfte sie auf die Beurteilung durch den redlichen Knebel stolz sein. Er wird auch ihr gegenüber mit seinem Lob nicht zurückhaltend gewesen sein.

* * *

Während seines freudlosen Aufenthalts in Venedig im Frühjahr 1790 dichtete Goethe ein Epigramm auf seinen erst wenige Monate alten Sohn, ein Gedicht auf das noch Ungeborene:

Wonniglich ist's, die Geliebte verlangend im Arme zu haben,
Wenn ihr klopfendes Herz Liebe zuerst dir gesteht.
Wonniglicher, das Pochen des Neulebendigen fühlen,
Das in dem lieblichen Schoß immer sich nährend bewegt.
Schon versucht es die Sprünge der raschen Jugend, es klopfet
Ungeduldig schon an, sehnt sich nach himmlischem Licht.
Harre noch wenige Tage! Auf allen Pfaden des Lebens
Führen die Horen dich streng, wie es das Schicksal gebeut.
Widerfahre dir, was dir auch wolle, du wachsender Liebling,
Liebe bildete dich, werde dir Liebe zu teil.

Christiane, die Mutter und die Erzieherin, liebt dieses Kind über alle Maßen. Goethe ist oft und für lange von Hause fern, und da versteht es denn Christiane geschickt, ihre Wünsche zu denen des Kindes zu machen. Immer wieder erhält Goethe Briefe, in denen er liest: «Ich und der Kleine befinden uns ganz wohl, der Kleine spricht sehr viel von Dir und fragt mich immer: ‹Wenn kömmt denn das Väterchen wieder?› und erfährt er, daß ein Brief von Dir da ist, spricht er allemal: ‹Hat mir der Vater keinen Kuß geschrieben?›» (17. 6. 1793). – «Der Kleine spricht immer: ‹Der Vater kömmt ja noch nicht!› Er spricht immer von Dir, wie er Dir alles sagen will, was er kann.» (Mitte Juli 1793) – «Der Kleine läßt Dich schön grüßen und wünscht auch sehnlich, daß Du möchtest wiederkommen.» (19. 7. 1793) – «Ich dachte mir gewiß, daß Du heute kommen wirst, die kalten Tage und die langen Abende wollen mir gar nicht gefallen. Das Bübchen sagt heute: ‹Ach, du lieber Gott! kömmt denn mein Vater wieder nicht?›» (30. 9. 1796) – «Stell Dir vor, wie lieb Dich Deine beiden Hasen haben: wie Du in Kötschau von uns weg warst, gingen mir raus und sahen auf dem Berg Deine Kutsche fahren, da fingen mir alle beide eins an zu heulen und sagten beide, es wär uns so wunderlich.» (21. 2. 1797)

Auch die Briefe, die August selbst an seinen Vater richtet, werden geschickt einbezogen: «Lieber Vater, ich und mein liebes Mütterchen betrüben uns sehr, daß Sie heute nicht kommen.» (25. 3. 1797) – «Auch wurde ich sehr traurig, als ich in Ihrem Briefe, für den ich Ihnen vielmals danke, die Worte las, daß Sie Ihrer Geschäfte wegen noch 10 Tage in Jena bleiben würden; kommen Sie, wenn es möglich ist, bald, denn ich möchte Ihnen gern ein Küßchen geben.» (2. 10. 1799) – «Lieber Vater! Sie haben mich gestern etwas niedergeschlagen, als Sie alle Ihre Schriften nach Jena holen ließen, woraus ich den Schluß mache, daß Sie so bald nicht wieder nach Weimar kommen wollen; Sie bleiben aber doch nicht zu lange aus?» (20. 11. 1799).

Im März 1804 schreibt Christiane an ihren Freund Meyer

in Bremen: «August ist so groß geworden, daß ihn Herr Huck für meinen Bruder ansah und gar nicht glauben wollte, daß es mein Sohn sei.» Das überrascht nicht, denn Christiane fühlt sich oft genug mit ihrem Sohn wie Kinder Goethes. «Deine beiden Hasen», heißt es und: «Denn Deine Kinder lieben Dich sehr.» Und beide blicken auf zum Vater. Auch das mag mit der Anrede «Sie» zusammenhängen.

Das ist freilich nicht der richtige Ansatz für eine vernünftige Erziehung. Gewiß fehlt es August nicht an liebevoller Geborgenheit, es mangelt ihm aber an Konsequenz in der Erziehung. Christiane ist damit vor eine Aufgabe gestellt, der sie nicht gewachsen ist, aber es wäre falsch, ihr die Schuld zu geben. Goethes lange Abwesenheiten machen sich bemerkbar. Wenn er im Herbst 1796 den erst Sechsjährigen auf eine Inspektionsreise rings um Ilmenau mitnimmt, so mag das angehen, aber viel zu lang ist der Aufenthalt 1801 in Bad Pyrmont und Göttingen, womit Goethe den Elfjährigen überfordert, denn am Ende läuft es doch darauf hinaus, daß der Vater sich bei seinen Arbeiten von dem Kind gestört fühlt, was man unschwer hätte voraussagen können.

Einfluß auf Augusts Entwicklung nimmt Charlotte von Stein, der Goethe geschrieben hatte: «Erlauben Sie auch ferner meinem armen Jungen, daß er sich Ihrer Gegenwart erfreuen und sich an Ihrem Anblick bilden dürfe. Ich kann nicht ohne Rührung daran denken, daß Sie ihm so wohl wollen.» Das ist nicht eben eine Empfehlung für eine Erziehung, die in der Hand Christianes und eines Hauslehrers liegt, während der Vater selbst sich wenig um den Sohn bekümmert, wobei er doch wissen müßte, daß Christiane ihrer pädagogischen Aufgabe nicht gerecht wird, nicht gerecht werden kann.

Es ist Augusts trauriges Schicksal gewesen, niemals aus dem übermächtigen Schatten des Vaters heraustreten zu können, letztlich sein Sklave zu bleiben, der seinen Trost im Alkohol sucht. Goethe hat ihn nicht davor bewahrt, weil er selbst die Gefahren des Alkohols überhaupt nicht begriff.

August wurde immer mehr zur perfekt funktionierenden Marionette seines Vaters, dem ein eigenes individuelles Leben nicht zugebilligt wurde. Als er mit vierzig Jahren auf einer Italien-Reise in Rom starb, war er völlig ausgebrannt. Selbst der Grabstein, der ihm zu Füßen der Cestius-Pyramide gesetzt worden war, verleugnet seine Individualität: *Goethe Filius.* Kein Vorname, keine Lebensdaten.

* * *

In einem Gespräch, das Goethe am 12. Juli 1795 in Karlsbad mit der Dichterin Friederike Brun führt, spricht er von Christiane als «einem Wesen, das Gleichheit der Denkart und Handlungsweise ihm lieb gemacht habe». Goethe hat nur gelegentlich mit anderen über Christiane gesprochen; es ist wohl auch nicht ganz zufällig, daß Goethe, dem Gedenktage stets viel bedeutet haben, gerade am 12. Juli Christianes gedenkt, ist doch der 12. Juli der Tag ihrer ersten Begegnung, der Tag des Sichfindens gewesen.

Auch vor der Eheschließung 1806 war es für Goethe selbstverständlich, sich mit Christiane in der Öffentlichkeit zu zeigen, was ihm denn auch oft genug verdacht worden ist. Er ging mit ihr spazieren, fuhr mit ihr im offenen Wagen oder im Schlitten, und im Theater saß sie an seiner Seite in der Loge. («Er hat so ein Mittelding zwischen Frau und Mädchen bei sich und führt es überall mit herum, auch sitzt es im Theater neben ihm und sieht ihn zärtlich an, wenn verliebte Stellen vorkommen», beobachtet 1802 ein Besucher Weimars.) Den Kuraufenthalt, den beide sich fast jedes Jahr gönnten, verbrachte man getrennt: Christiane fuhr ins geliebte Bad Lauchstädt, Goethe nach Karlsbad. Und das war auch vernünftig, denn beide hatten für diese Wochen der Erholung ihre ganz eigenen Bedürfnisse, ihren eigenen Umgang. Nur im Sommer 1811 fuhren beide gemeinsam nach Karlsbad, allerdings zu etwas versetzten Zeiten, so daß jedem einige Wochen für sich allein zur Verfügung standen. Hier machte

Christiane die Bekanntschaft Elisas von der Recke, und Goethe stellte sie der kurländischen Gräfin mit den Worten vor: «Ich empfehle Ihnen meine Frau mit dem Zeugnisse, daß, seit sie ihren ersten Schritt in mein Haus tat, ich ihr *nur Freuden* zu danken habe.» Elisa von der Recke meinte später, sie könne verstehen, daß Christianes «anspruchsloser, heller, ganz natürlicher Verstand» für Goethe anziehend sei. Auch habe sie Christiane nie «von andern Böses sprechen» gehört. Der Witwe Schiller hätte Frau von der Recke dieses Zeugnis freilich nicht ausstellen können, denn die kommentierte giftig: «Ich muß Ihnen doch auch berichten, wie klug der Meister ist. Da er einmal seine dicke Hälfte im Bad mit hatte, so empfahl er sie der Obhut der Frau von der Recke, der berühmten nämlich. Diese und ihre Nichte, die Fürstin Hohenzollern, haben sie protegiert und an alle öffentlichen Plätze eingeführt. Unter dieser Ägide ist ihr Ansehn und Ruf trefflich geblieben, und der Meister weiß seine Freunde zu brauchen.»

Wer Christiane näher kennenlernte, erkannte bald ihre liebenswerten Eigenschaften, und da verdient besonders die Würdigung zitiert zu werden, die Luise Dorothea von Knebel, die Frau des «Urfreunds», im Gespräch äußerte. Die Knebels verkehrten viel bei Goethe, beides erprobte, unbefangene, vorurteilsfreie Freunde, und sie durften sich über Christiane wohl ein Urteil erlauben. Im April 1820, vier Jahre nach Christianes Tod, besuchte das Ehepaar von Both die Knebels (Carl Friedrich von Both, Kurator der Universität Rostock, hatte gemeinsam mit August in Heidelberg studiert), und bei diesem Besuch kam das Gespräch auch auf Christiane, die Luise von Knebel «sehr lobte», wie Rudolphine von Both später notierte:

«Ich sagte ihr, daß ich früher kein so günstiges Urteil über sie gehört hätte. ‹Die Frau ist sehr beneidet worden›, antwortete sie, ‹und deshalb viel angefeindet und verleumdet›. Sie sagte mir nun, daß diese Frau einen vortrefflichen Charakter, das beste Herz gehabt habe, daß sie alle der Überzeugung wären, daß Goethe nach seiner Eigentümlichkeit nie eine passendere Frau für sich hätte finden können, wie ihr ganzes Leben nur ihm geweiht gewesen sei, wie sie ihm gegenüber nie an sich selbst gedacht hätte, sondern immer nur bemüht gewesen wäre, es ihm angenehm und behaglich zu machen. ‹Dabei hatte sie›, sagte Frau von Knebel, ‹eine sehr heitere Laune, verstand es ihn aufzumuntern und kannte ihn so genau, daß sie immer wußte, welchen Ton sie anschlagen mußte, um wohltuend auf ihn einzuwirken. Sie war keine sehr ausgebildete Frau›, fügte sie hinzu, ‹aber sie hatte sehr viel natürlichen hellen Verstand; Goethe hat uns oft gesagt, daß, wenn er mit einer Sache in seinem Geiste beschäftigt wäre und die Ideen sich zu stark bei ihm drängten, er dann manchmal zu weit käme und sich selbst nicht mehr zurechtfinden könne, wie er dann zu ihr ginge, ihr einfach die Sache vorlege und oft erstaunen müßte, wie sie mit ihrem einfachen natürlichen Scharfblicke immer gleich das Richtige herauszufinden wisse, und er ihr in dieser Beziehung schon manches verdanke.› Frau von Knebel sagte mir auch, wie tief er ihren Tod empfunden hätte und wie er auch jetzt noch immer ihren Verlust nicht verschmerzen könne.»

Die Briefe, die Goethe in den Tagen nach Christianes Tod geschrieben hat, bezeugen in ihrer beherrschten Lakonie, wie sehr sich Goethe darum mühte, vom Schmerz nicht überwältigt zu werden. Einem seiner engsten Freunde, Carl Friedrich Zelter, teilt er am 8. Juni als Postscriptum eines Briefes, der nur von Bildern und Theater handelt («meine Geschäfte hier und in Jena gehen eines sehr gemessenen und glücklichen Schritts») wie beiläufig mit: «Wenn ich Dir, derber geprüfter Erdensohn, vermelde, daß meine liebe kleine Frau uns in diesen Tagen verlassen, so weißt Du, was es heißen will.» Zwei Tage vorher war Christiane gestorben. Zwei Tage später ließ er Christianes Zimmer vollkommen ausräumen und umgestalten; ihr ursprüngliches Aussehen wäre ihm unerträglich gewesen.

Diese Lakonie, diese Geschäftigkeit, wie sie sich in Briefen an Zelter und andere ausdrückt, läßt ahnen, wie Goethe gelitten haben muß. Nur einen Lidschlag lang gewährt uns eine Bemerkung Einblick, die sich in einem Brief vom 24. Juni 1816 an Sulpiz Boisserée findet: «Leugnen will ich Ihnen nicht, und warum sollte man großtun, daß mein Zustand an die Verzweiflung grenzt.»

* * *

Luise von Knebel gebraucht in ihrer Charakterisierung Christianes das Wort vom «hellen Verstand». Eben diese Formulierung hatte vier Jahre zuvor Elisa von der Recke für Christiane gefunden, ohne daß die eine von der Wortwahl der anderen wußte. Ein «heller Verstand»: das meint eine praktische Auffassungsgabe, ein leichtes Angehen der täglichen Lebensaufgaben, Gewitztheit, die sich so leicht nicht unterkriegen läßt, die Aufgeräumtheit eines heiteren Gemüts, wobei ich «heiter» im Sinne des lateinischen *hilaris* verstanden wissen möchte, im Klang unserem «hell» verwandt, wobei *hilaris* auch die Klarheit des Geistes mitmeint, während heute «heiter» beständig mit «witzig» oder «komisch» verwechselt wird.

Um noch einmal auf Goethes Gedicht *Amyntas* zurückzukommen, auf das Bild vom Baum, den der Efeu fest umklammert hält. Wolfgang Vulpius hat in seiner Christiane-Biographie dazu etwas vollmundig bemerkt: «Dies also ist das erschütternde Gleichnis, das der Dichter Goethe für seine Ehe gefunden hat. Es stellt eine Möglichkeit dar, das Verhältnis zu sehen – es treibt die Lust, die es gewährte, und die Gefahr, die es bedeutete, ins Große, Schicksalhaft-Tragische.»

Nein, so kann ich es nicht sehen. Jede Lebensgemeinschaft fordert von beiden Partnern Opfer und Verzicht. Goethe wußte sehr genau, wen er in sein Haus holte, er kannte Christianes Qualitäten, er kannte ihre Schattenseiten. Aber was sind nun Schattenseiten? Er wünschte sich eben diese so fröhliche wie lebenskräftige, so sinnenfrohe wie extravertierte Frau, am wenigsten eine vom Schlage der Schiller, Stein und

Herder oder gar jener Amalie von Imhoff, die Übereifrige in Weimar am liebsten als Goethes Ehefrau gesehen hätten.

Der Efeu mag zwar den Baum umklammern und ihm am Ende auch das Leben rauben, aber er erlaubt dem Baum auch das Gefühl des seligen Sichverschwendens, und eben dies hat Goethe bei Charlotte von Stein schwerlich erfahren können.

Gewiß, Christiane ist derb, drall, fröhlich, gutmütig, hilfsbereit, kameradschaftlich, laut, lärmend, lebhaft und von ganzem Herzen dem materiellen Leben mit all seinen Freuden zugewandt, dem Alkohol, dem ausgelassenen Tanz. Aber stets von «hellem Verstand», instinktsicher und praktisch ratend. Sie versteht es, Goethe das Leben warm und behaglich zu machen, und er weiß auch ihre Lebensklugheit zu schätzen. Als sich im September 1809 ein Skandal abzeichnet, von dem Riemer betroffen ist, bittet Goethe Christiane um Fürsprache: «Du wirst durch Deine Klugheit und Tätigkeit alles zu vermitteln suchen.».

«Es ist kaum anders denkbar», schreibt Wolfgang Vulpius, «als daß Goethe an seiner Ehe zeitweise gelitten, wahrscheinlich schwer gelitten hat. Diese Tatsache können wir allerdings nur vermuten, denn es gibt keine Äußerung Goethes – abgesehen vom ‹Amyntas› –, mit der man sie beweisen könnte. Aber man fragt sich doch immer aufs neue: Wie konnte eine Frau, die geistig und seelisch so wenig zu bieten hatte, den erotisch reizbarsten und empfänglichsten Mann auf die Dauer befriedigen? Besonders, da ihr sinnlicher Reiz frühe dahinschwand – auch von wohlwollenden Menschen, die sie kannten, wird ihr Aussehen völlig übereinstimmend ‹gewöhnlich› und ‹gemein› genannt.»

Da werden nun 1956 alle alten Vorurteile unbekümmert wieder aufgewärmt, obwohl Vulpius es wirklich besser wissen müßte. Der letzte hier zitierte Satz ist nachweislich falsch, denn solche Äußerungen liegen gerade von «wohlwollenden Menschen» nicht vor. Es ist ganz gewiß unbestreitbar, daß Christiane um 1803 recht korpulent wurde, aber eben dieses Phänomen registrierten die Zeitgenossen schon zehn Jahre früher bei Goethe. Gewiß wird auch niemand Christiane in reiferen Jahren als Schönheit bezeichnen wollen, aber seit wann wäre das Glück zweier Menschen jemals davon abhängig gewesen? Daß Goethe an seiner Ehe «schwer gelitten» habe, kann Vulpius in der Tat nicht beweisen. Mir ist bei der Beschäftigung mit diesem Stoff hingegen ganz besonders aufgefallen, daß die Zeugnisse der Fürsorge, der Liebe, der Zusammengehörigkeit in Goethes Briefen und Gesprächen mit den Jahren immer mehr zunehmen, sich aber nicht vermindern. Daß Christiane ihm «geistig und seelisch so wenig zu bieten hatte» ist angesichts der zwischen beiden geführten Korrespondenz geradezu absurd und dürfte auch auf diesen Seiten hinreichend widerlegt sein. Wahrscheinlich träumt Vulpius, wie so viele schon vor ihm, von einer *unio mystica* aus Charlotte von Stein und Marianne von Willemer, versetzt mit einer Prise Christiane und einigen Äugelchen als Inbegriff von Goethes Ehefrau. Nur daß es eine solche Vereinigung nun einmal im realen Leben nicht gibt, zu unser aller Glück.

Vollends unsinnig aber ist die Behauptung, Christianes «sinnlicher Reiz» sei schon «frühe» dahingeschwunden. Natürlich hat Wolfgang Vulpius auch dafür keine Beweise. Aber Goethes Bemerkung in einem Brief vom 26. Oktober 1808, er sehne sich «recht ungeduldig nach den Schlender- und Hätschelstündchen» zeigt doch, daß sein erotisches Begehren auch nach zwanzigjähriger Gemeinschaft keineswegs erloschen war.

Frau Ajas liebevolles Wort vom «Bettschatz» ist lange als abschätzig empfunden worden; Thomas Mann nennt es später *un bel pezzo di carne.* Wäre Christiane tatsächlich nichts anderes gewesen, dann hätte die Vermutung von den schwindenden «sinnlichen Reizen» einiges für sich. Aber Goethe und Christiane verband – neben vielem anderen – eine starke erotische Bindung, was mehr ist als nur die sexuelle Anziehungskraft. Christiane hat sich im Juli 1788 dem sich als heimatlos empfindenden, unbehaust gewordenen Goethe ohne zu zögern hingegeben, und gerade auch ihre spontane fröhliche Sinnlichkeit ist ihm zu einem Stück Heimat geworden, schuf mit jene Behaglichkeit, von der er so gern als wünschenswert sprach. Die Sehnsucht nach dem «Frauchen», die Wilhelm von Humboldt als so degoutant empfand, war selbstverständlich auch die Sehnsucht nach ihrem Körper. Darüber wurde in der höfischen Gesellschaft natürlich nicht gesprochen, aber jeder wußte es und jeder dachte sich sein Teil. Auch Goethe. Dem Ärger über die notorische Süßholzraspelei in der so gern moralisierenden Literatur, aus Ärger über jene Frauen, die unter «reiner» oder «vollkommener» Liebe den kategorischen Verzicht auf jegliche erotische Empfindungen verstehen, ist wohl der Vierzeiler zu verdanken:

Was gibst du dir mit Lieb und Ehre
Und andern Dingen so viele Pein!
Wenn ein tüchtiger Schwanz nur wäre
Die Weiber würden sämtlich zufrieden sein.

Eine Übertreibung gewiß und eine nicht sonderlich ziemliche dazu, eine Preziose aus dem «Walpurgissack», wie Goethe die wohlverwahrte Mappe mit den «unziemlichen Sachen» nannte, von dessen Existenz die Freunde wußten und über deren Inhalt die Nachlaßverwalter erröteten. Das mephistophelische Augenzwinkern eines deutschen Klassikers.

Wie glücklich oder unglücklich eine Lebensgemeinschaft ist, läßt sich nur von den Betroffenen selbst erkennen, wobei immer zu fragen ist, was denn einer für Glücksansprüche an das Leben und an den Gefährten stellt. Und da waren die Erwartungen Christianes zweifellos anderer Natur als jene der Charlotte von Stein. Gewiß ist auch Goethe in seiner Ehe gelegentlich unglücklich gewesen, anderes wäre allein schon angesichts seiner hypochondrischen Natur nicht vorstellbar. Zu Glücksverzichten hingegen dürfte Christiane aber weitaus mehr gezwungen gewesen sein. Sie hat die geistige Autorität Goethes stets anerkannt. Sie leidet manchmal bitter unter seinen vielen und langwährenden Abwesenheiten, weiß aber, daß er für seine Arbeit Distanz, Einsamkeit und äußerste Konzentration braucht, die er zu Hause nicht finden kann. Christianes raumfüllendes lautes Wesen verträgt sich nicht mit hingegebener geistiger Arbeit. Aber diese Arbeit braucht wiederum ihren sinnlichen Kontrapunkt. Ohne Christiane wäre Goethes Dichtung eine andere geworden.

Der Umgang mit Goethe wird ihr nicht immer leichtgewesen sein. Seine starke Neigung zur Hypochondrie verdüstert ihn, seine übergroße Sensibilität macht ihn äußerst reizbar, man kann nie wissen, wie man gerade mit ihm zurechtkommt, er ist von Launen abhängig, wirkt distanziert, moros, zurückgezogen, kalt, eisig. Mit einem solchen Menschen zu leben, ihn zu ertragen, ihn in und aus seinen Schwächen zu verstehen ist nur einer Zuneigung möglich, die sich aus einer schier unerschöpflichen Liebesfähigkeit speist, und diese Liebesfähigkeit ist Christiane eigen gewesen wie nur wenigen. Ohne diese Liebe hätte es auch jene Behaglichkeit nicht gegeben, die Goethe in so vielen materiellen Genüssen schätzte. Am 7. Juni 1815, also fast auf den Tag genau ein Jahr vor ihrem Tode, schreibt er Christiane einen Brief aus Wiesbaden. Und da heißt es zum Schluß: «Auch hier wird mir das Beste erwiesen», und nach zwei Sätzen folgt: «Eingerichtet bin ich zum Besten.» Und dann steht im Postscriptum eine von jenen bezaubernden Liebeserklärungen, an denen der Briefwechsel zwischen den beiden so reich ist, und die er auch noch zusätzlich unterstreicht:

«Die Liebe das Beste!»

In dem glücklichen Sommer 1803 schreibt Christiane an Goethe aus Bad Lauchstädt:

«Wenn ich reich wär, so ging' ich alle Jahre hierher; mir ist es, als finge ich erst an zu leben. Und im Stillen danke ich Dir, Lieber, immer dafür und bitte Gott, daß er Dir für diese Güte wieder allerlei Gutes erzeigen möchte; denn ich weiß sehr gut, daß es kein anderer Mann tät. Du sollst mich aber auch noch in der Ewigkeit dankbar finden.»

Anhang

Bibliographie

Balzer, Georg: Goethe als Gartenfreund. 2. Aufl. München 1978

Beutler, Ernst: Essays um Goethe. 7. Aufl. Zürich/München 1980

Conrady, Karl Otto: Goethe. Leben und Werk. 2 Bde. Königstein 1982/85

Eissler, K. R.: Goethe. Eine psychoanalytische Studie. 1775–1786. 2 Bde. München 1987

Federn, Etta: Christiane von Goethe. Ein Beitrag zur Psychologie Goethes. 4. Aufl. 1917

Femmel, Gerhard/Michel, Christoph: Die Erotica und Priapea aus den Sammlungen Goethes. Frankfurt a. M. 1990

Frau Rat Goethe: Gesammelte Briefe. Hg. v. Ludwig Geiger. Leipzig o. J.

Geiger, Ludwig: Goethe und die Seinen. Quellenmäßige Darstellungen über Goethes Haus. Leipzig 1908

Goethe, Johann Wolfgang: Sämtliche Werke. Briefe, Tagebücher und Gespräche Deutscher Klassiker Verlag, Frankfurt a.M. 1987ff.

Goethes Briefwechsel mit seiner Frau. Hg. v. Hans Gerhard Gräf. 2 Bde. Frankfurt a.M. 1916

Goethes Gespräche. Eine Sammlung zeitgenössischer Berichte aus seinem Umgang auf Grund der Ausgabe und des Nachlasses von Flodoard Freiherrn von Biedermann ergänzt und herausgegeben von Wolfgang Herwig. 5 Bde. Zürich/München 1965–1987

Gräf, Hans Gerhard: Zum 6. Juni 1916. In: Jahrbuch der Goethe-Gesellschaft 3 (1916), S. 245–262

Hecker, Max (Hg.): Briefwechsel zwischen Goethe und Zelter. 3 Bde. Frankfurt a.M. 1987

Heinemann, Karl: Goethes Mutter. Ein Lebensbild nach den Quellen. 4., verbesserte Auflage. Leipzig 1893

Jagemann, Karoline: Erinnerungen. Nebst zahlreichen unveröffentlichten Dokumenten aus der Goethezeit. Hg. v. Eduard v. Bamberg. Dresden 1926

Kasten, Hans (Hg.): Goethes Bremer Freund Dr. Nicolaus Meyer. Briefwechsel mit Goethe und dem Weimarer Kreise. Bremen 1926

Kühn, Paul: Die Frauen um Goethe. Weimarer Interieurs. 2 Bde. Leipzig o. J.

Martin, Bernhard: Goethe und Christiane. Vom Wesen und Sinn ihrer Lebensgemeinschaft. Kassel/Basel 1949

Müller, Friedrich von: Unterhaltungen mit Goethe. Hg. v. Renate Grumach. München 1982

Nager, Frank: Der heilkundige Dichter. Goethe und die Medizin. Zürich / München 1990

Steig, Reinhold: Christiane v. Goethe und Bettina Brentano. In: Jahrbuch der Goethe-Gesellschaft 3 (1916), S. 135–163

Vietor-Engländer, Deborah: Der Wandel des Christiane-Bildes 1916–1982. In: Goethe Jahrbuch 1985, S. 280–284

Völker, Werner: Der Sohn: August von Goethe. Eine Biographie. Frankfurt a.M. 1992

Vulpius, Wolfgang: Christiane. Lebenskunst und Menschlichkeit in Goethes Ehe. Weimar 1956

Nachweis der Zitate

Die von Biedermann gesammelten Goethe-Gespräche werden unter der Abkürzung *Gespr.* zitiert, der Briefwechsel Goethe–Christiane unter *Gräf*, die Goethe-Gedichte nach der Ausgabe des Deutschen Klassiker-Verlags in zwei Bänden unter *Ged. I* bzw. *II*.

5 Eckermann, 2. 1. 1824, Artemis-Gedenkausgabe Bd. 24, S. 542
«Sollte man wohl»: Gespr. II, S. 366
6 Veit: Gespr. I, S. 539
Sartorius: Gespr. II, S. 349
Kestner: Gespr. II, S. 1161
7 Recke: Gespr. II, S. 668
9 Motto: Ged. I, S. 399
10 Riemer: Gespr. II, S. 272
11 Jagemann a.a.O. S. 97
W. Vulpius a.a.O. S. 24
13 Motto: Ged. I, S. 337
Herder: Gespr. I, S. 432
Ridel: Gespr. I, S. 433
15 «Was mich am tiefsten»: Goethe, Sämtl. Werke a.a.O. II. Abt., Bd. 3, S. 159
16 «Täglich werf ich»: Goethe, Sämtl. Werke a.a.O. II. Abt., Bd. 3, S. 212
«Diese meine zweite»: Goethe,1 Sämtl. Werke a.a.O. II. Abt., Bd. 3, S. 265
«Ich finde hier»: Goethe, Sämtl. Werke a.a.O. II. Abt., Bd. 3, S. 309
«Ich darf wohl sagen»: Goethe, Sämtl. Werke a.a.O. II. Abt., Bd. 3, S. 394/395
17 Schiller: Gespr. I, 498
«Wir gelangten»: Goethe, Sämtl. Werke a.a.O. I. Abt., Bd. 24, S. 436/437
18 «Sage Herdern»: Goethe, Sämtl. Werke a.a.O. II. Abt., Bd. 3, S. 305
19 Knebel: Conrady a.a.O. Bd. I, S. 487
«Aus Italien»: Goethe, Sämtl. Werke a.a.O. I. Abt., Bd. 24, S. 414/415

21 Motto: Ged. I, S. 411
«Am 3ten dieses Monaths»: Gräf I, S. 482
22 Vulpius a.a.O. S. 15
23 Bertuch: Vulpius a.a.O. S. 22
25 Motto: Ged. I, S. 445
«Ich kann mir die Bedeutsamkeit»: Eissler a.a.O. I, S. 227/228
«Sag, was will das Schicksal»: Ged. I, S. 229
27 «Eine dauernde Liebe». Eissler a.a.O. I, S. 186
28 «Meine Seele ist fest»: Eissler a.a.O. I, S. 560
29 «Was Du von Klärchen sagst»: Kuhn a.a.O. I, S. 307
«Auch ich liebte»: Kuhn a.a.O. I, S. 310/311
31 Caroline Herder: Gespr. I, S. 471
«Was ich in Italien»: Goethe, Sämtl. Werke a.a.O. II. Abt., Bd. 3, S. 489
32 «Unglücklicherweise hast Du»: Goethe, Sämtl. Werke a.a.O. II. Abt., Bd. 3, S. 490
35 Motto: Ged. I, S. 431
36 Zahn: Gespr. III/2, S. 220/221
«Es scheint, daß Ihre»: Goethe, Sämtl. Werke a.a.O. II. Abt., Bd. 3, S. 387/388
37 «Sinnlich geworden»: Gespr. I, S. 436
«eine gemeine Hure»: Conrady a.a.O. I, S. 493
38 «Diese Göttin»: Ged. I, 405
39 «Herbstlich leuchtet»: Ged. I, S. 413
«Tafel, Gesellschaft und Cors»: Ged. I, S. 394
41 «Hinten im Winkel»: Ged. I, S. 440/441
42 «Froh empfind ich mich»: Ged. I, S. 405
43 «Nun sind wir frei»: Goethe, Sämtl. Werke a.a.O. II. Abt., Bd. 3, S. 499
«Indes macht draußen»: Ged. I, 701
44 «Schön ist das Land»: Ged. I, 444
«Übrigens muß ich im Vertrauen»: Goethe, Sämtl. Werke a.a.O. II. Abt., Bd. 3, S. 523
45 «Welch ein Mädchen»: Ged. I, S. 449
«Weit und schön ist die Welt»: Ged. I, S. 474
«Alles was ihr wollt»: Ged. I, S. 473
46 «Wundern kann es mich nicht»: Ged. I, S. 458
«Aber meinen Spitz»: Kuhn a.a.O. I, S. 362
«Ich bin verheiratet»: Gespr. I, S. 641

47 «Jetzt wer hütet sich nicht»: Ged. I, S. 422
«Darum macht mich Faustine»: Ged. I, S. 429/430
49 Motto: Ged. I, S. 407
«Er las mir seine Elegien»: Gespr. I, S. 567/568
«Schamhaftigkeit, die man einem Journal»: Ged. I, S. 1090
50 «Wenn sie vor dem Druck»: Gespr. I, S. 605
«Alle ehrbaren Frauen»: Ged. I, S. 1092
«Properz durfte es laut»: Ged. I, S. 1093
«Wenn Wieland»: Kuhn a.a.O. I, S. 361
52 «Ich war einmal»: Kuhn a.a.O. I, S. 356
«Übrigens sind seine Frauen»: Kuhn a.a.O. I, S. 364
53 «Nur schade, daß bei der Gattin»: Ged. I, S. 1199
«denn sein hiesiges häusliches Verhältnis»: Gespr. I, S. 700
«Ich glaube beinahe»: Geiger a.a.O. S. 29
«Das gibt nun»: Kuhn a.a.O. I, S. 371
«Übrigens ergeht's ihm»: Gespr. I, S. 498
54 «Goethe ist von seiner Exkursion»: Gespr. I, S. 754
«Es ist doch schade»: Gespr. I, S. 653
55 «Den Verlust, den Sie erlitten»: Federn a.a.O. S. 36
«nicht eine schöne Italienerin»: Gespr. I, S. 658
56 «die Vulpius hat alles verdorben»: v. Müller a.a.O. S. 177
«Itzo gehen bei uns»: Gräf I, S. 226
57 Motto: Ged. I, S. 409
«Es ist all und überall»: Goethe, Sämtl. Werke a.a.O. II. Abt., Bd. 3, S. 552
59 «Wärst Du nur jetzt»: Gräf I, S. 6
«Aus Paris bringe ich Dir»: Gräf I, S. 5
60 «Itzo fehlt mir nichts»: Gräf I, S. 21/22
«Das Pfuiteufelchen»: Gräf I, S. 27
61 «Im Hause ist nun alles»: Gräf I, S. 33
«Daß Dir meine Briefe»: Gräf I, S. 33
62 «Die Mutter, so gefaßt sie»: Gräf I, S. 376
63 «wie schlecht es mir»: Gräf I, S. 91
«In diesen ersten Tagen»: Gräf I, S. 131
«ob Sie unbedenklich finden»: Gräf I, S. 130
64 «Ganz zufrieden bin ich»: Gräf I, S. 131
«Lieber Vater»: Gräf I, S. 132
«Ich bin sehr heiter»: Gräf I, S. 139
«Wenn ich mir es gleich»: Gräf I, S. 144

65 «Vor allen Dingen»: Gräf I, S. 148
66 «Daß Du, mein Lieber»: Gräf I, S. 156
«Mit meinen Reisen»: Gräf I, S. 158
«Heute früh war»: Gräf I, S. 162
67 Elegie *Amyntas:* Ged. I, S. 632
«ich kann aber auch wohl sagen»: Gräf I, S. 169
69 «Es ist ein Krampfhusten»: Gespr. I, S. 787
Frank Nager vermutet: Nager a.a.O. S. 29
«Wie gut, sorgfältig und liebevoll»: Gräf I, S. 309
70 «Da Sie mich beschuldigen»: Kasten a.a.O. S. 89
71 «Lieber Freund»: Kasten a.a.O. S. 159–161
73 «Im Garten geht alles»: Gräf I, S. 29
74 «Ich hatte den Hausgarten»: Gräf I, S. 188
«Mit dem Gärtner»: Gräf I, S. 35
75 «Wenn sich vielleicht»: Gräf I, S. 177
«Die Weimarer behaupten»: Gespr. I, S. 803
«Geist soll mir»: Gräf I, S. 296/297
77 «Dieser Tage und Nächte»: Federn a.a.O. S. 96
«So Gott will»: Gespr. II, S. 144
78 «Wir leben!»: Kasten a.a.O. S. 198
«Sie ist immer meine Frau»: Gespr. II, S. 146
79 «Goethe hat sich Sonntag»: Gespr. II, S. 148
«In der Gesellschaft»: Gespr. II, S. 179
«Angenehm ist es mir freilich nicht»: Kuhn a.a.O. I, S. 421
80 «Goethe ließ sich»: Geiger a.a.O. S. 71
«Ich bin nicht vornehm genug»: Geiger a.a.O. S. 72
81 «Zu deinem neuen Stand»: Frau Rat Goethe a.a.O. S. 499
82 «Auf die Erzählung des Vergangenen»: Gräf II, S. 1/2
«Sie können leicht denken»: Gräf II, S. 6
83 «Du kannst Gott dancken»: Frau Rat Goethe a.a.O. S. 504/505
«Sie betrug sich liberal»: Gräf I, XLIV
84 «Denke Dir nur»: Gespr. II, S. 402
85 «Der Mutter Brief»: Gräf II, S. 8
«Ist denn die Bettine»: Gräf II, S. 131
86 «Ich war eben»: Gräf II, S. 189
87 «bleich und zitternd»: Gespr. II, S. 693
«Die ganze Stadt ist in Aufruhr»: Gespr. II, S. 694
88 «dicke Hälfte»: Gespr. II, S. 694
«in ganz Weimar erzählt»: Gespr. II, S. 693

«durch die Frau von allen rechtlichen Menschen»: Gespr. II, S. 691
«Von Arnims»: Gräf II, S. 237
«Leb wohl und denke an Dein»: Gräf I, S. 25
«Morgen frühe gebe ich»: Gräf I, S. 393
89 «Mit den Äugelchen»: Gräf I, S. 405
«Denn hier unter allen denen»: Gräf I, S. 407
«eifersüchtiges Weinen»: Gespr. II, S. 534
«Verdrießlichkeiten»: Gespr. II, S. 535
Das Tagebuch: Ged. II, S. 843
90 «Schon längst hätte ich Ihnen»: Kasten a.a.O. S. 28/29
91 «Ich bin so vollblütig»: Gräf I, S. 271
«Ich kenn meine Natur»: Gräf I, S. 275
«außer der Schlaffheit»: Gräf II, S. 48
«Ich fühle mich nicht mehr»: Gräf II, S. 147/148
«Ich habe viel gelitten»: Gräf II, S. 364
92 «Dein Garten steht gegenwärtig»: Gräf II, S. 396
«Gegenwärtig befinde ich mich»: Gräf II, S. 397
93 «Nahes Ende meiner Frau»: Gräf II, S. 398
«Du sollst, du kannst mich nicht»: Gespr. II, S. 1144
«Der Tod ist ein»: Gespr. II, S. 768
«Du versuchst, o Sonne»: Ged. II, S. 614
«und zwar mit Gesang des Chors»: Gräf II, S. 454
95 Motto: Ged. I, S. 563
«Schreibseligkeit»: Gräf II, S. 34
«Meinen Brief von Lauchstädt»: Kasten a.a.O. S. 35
«Daß es mit dem Schreiben»: Kasten a.a.O. S. 212
96 «Daß das Bustawiren»: Frau Rat Goethe a.a.O. S. 510
«Ich bin niemals zerstreuter»: Gräf I, XXVII
«Ich mache in jedem Brief»: Gespr. III/1, S. 415
97 Fürst de Ligne: zit. nach Hans Henning von der Burg (Hg.): Aus den Schriften des Fürsten Karl Joseph de Ligne, Wien 1965, S. 77
«Wenn ich nur erst»: Gräf I, S. 125
«wie die Krabskrälligkeit heißen»: Gräf I, S. 40
«Gib mir statt»: Ged. I, S. 472
98 «daß der Herr von Schönfuß»: Gräf I, S. 90
«es geht schon wirklich»: Gräf I, S. 123
«Ich bin auch ein Hase»: Gräf I, S. 241

«Ich befand mich»: Gräf I, S. 422
«Gleich nach der Rückkehr»: Gräf II, S. 131
«Nun, mein allerbester»: Gräf I, S. 182/183
99 «Nun wünschte ich nur»: Gräf I, S. 305
«Nach einer Antwort»: Kasten a.a.O. S. 234
«Keine größere Freude»: Gräf I, S. 62
«die ich, da ich Soldaten»: Gräf I, S. 134
100 «Wodurch die Verstorbene»: Gespr. II, S. 668
«Daß sie in Weimar»: Gräf II, S. 44
104 Ged. I, S. 697
121 Motto: Ged. II, S. 240 / Christine v. Reinhard: Gespr. II, S. 235
122 «es ist nämlich»: Gräf I, S. 79
«Daß wieder etwas fertig»: Gräf I, S. 120/121
«Ich schicke Dir»: Gräf I, S. 254
«daß der zweite Aufzug»: Gräf I, S. 358
«Ich freu mich recht»: Gräf I, S. 359
123 «Daß es mit dem Roman»: Gräf I, S. 69
«Ich will zu Dir kommen»: Gräf I, S. 75
«Daß ihr es bei»: Gräf II, S. 97
«Weil ihr euch»: Gräf II, S. 99
124 «So eine Arbeit»: Gräf II, S. 284
«Ich habe alle Abende»: Gräf I, S. 300
«Ich ging im Walde»: Gräf II, S. 300 (die erste, an Christiane gesandte Fassung dieses Gedichts)
125 «Ja meine Liebe»: Frau Rat Goethe a.a.O. S. 381
«obgleich Goethes Frau»: Gespr. II, S. 409
126 «Der Orient gibt»: Gräf II, S. 363
«Kund und zu wissen»: Gräf II, S. 366
«Bei Mondeschein»: vgl. Artemis-Gedenkausgabe, Band 3, S. 384 («Es ist gut»)
127 Motto: Ged. II, S. 240
128 «War er mit einer Darstellung»: Gespr. II, S. 924
129 «dem Dichter zwar»: Geiger a.a.O. S. 300
«Bei uns kann»: Geiger a.a.O. S. 300
«Man lache nicht»: Gespr. I, S. 855
130 «Güte und Liebenswürdigkeit»: Gespr. II, S. 1200
«Mit dem neuen Sänger»: Gräf I, S. 70
«Ich habe vorhin»: Gräf I, S. 121
131 «Die Vorstellung»: Gräf I, S. 423

«Die Baranius»: Gräf I, S. 436
132 «Herr Wolff»: Gräf I, S. 438
«Alsdann gingen wir»: Gräf I, S. 400
133 «Ohne Dich»: Gräf II, S. 50
«So sind z. B.»: Gräf II, S. 66
134 «Überhaupt, man ist hier»: Gräf I, S. 414
«Sonnabend, den 2. Juli»: Gräf I, S. 401
135 «Wie Du gibt es»: Gräf I, S. 413
«Mein Breslauer Äuglichen»: Gräf I, S. 415
«wo ich einen recht artigen»: Gräf I, S. 394
«Nach Tische ging ich»: Gräf I, S. 399
«unser Schwarzköpfchen»: Gräf I, S. 411
«Damit Du aber siehst»: Gräf I, S. 433
136 «Heute frühe gingen wir»: Gräf I, S. 417
«Schicke mir»: Gräf I, S. 422
«Von mir kann ich»: Kasten a.a.O. S. 109
«Es sind zwei»: Kasten a.a.O. S. 116
«Dieses Jahr»: Kasten a.a.O. S. 117
«Hier ist alles»: Kasten a.a.O. S. 235
137 «Tantzen Sie immer»: Frau Rat Goethe a.a.O. S. 438
«Genieße nur»: Gräf II, S. 41
«Wenn die Leute Dir»: Gräf II, S. 54
139 Motto: West-östl. Divan, Artemis-Gedenkausgabe, Band 3, S. 371 («Ob der Koran»)
Eckermann: Artemis-Ausgabe Bd. 24, S. 681
140 «Und was bleibt denn»: Ged. II, S. 850
«Nach dem Gelde»: Gräf II, S. 225
141 «Deinen Weinbedarf»: Gräf II, S. 223
«Wenn nur etwas Wein käme»: Gräf I, S. 139
«Wenn Du nur die Güte»: Gräf I, S. 145
«Vergiß nicht, an Zapff»: Gräf I, S. 147
142 «Champagner ist diesmal»: Gräf II, S. 397
«Gestern vor acht Tagen»: Gespr. I, S. 978
143 Wilhelm Zahn: Gespr. III/2, S. 219
«Exzellenz könne Sie nit spreche»: Die Lustigen von Weimar. Goethe-Anekdoten. Hg. v. Karl Escher, Berlin 1925
«Er hatte schon»: Gespr. II, S. 906
«Der treue Diener Goethes»: Gespr. III/1, S. 82
144 «Wir leben nach unserer»: Goethe-Briefe, hg. v. Ph. Stein,

Berlin 1924
«Herr Raabe fährt nach Weimar»: Gräf II, S. 204–205
145 «Der arme Junge»: Gespr. I, S. 789
«und sich herzlich zu freuen»: Gespr. III/2, S. 929
«Wie man getrunken hat»: vgl. Artemis-Gedenkausgabe, Band 3, S. 372 («Solang man nüchtern ist»)
147 Motto: Frau Rat Goethe a.a.O. S. 543
«Daß Ihnen die»: Frau Rat Goethe a.a.O. S. 265
«Meine Mutter wußte»: Goethe, Sämtl. Werke I. Abt., Bd. 14, S. 784
148 «Unsern Gruß zuvor»: Heinemann a.a.O. S. 22
«Sie verdienen»: Frau Rat Goethe a.a.O. S. 377
149 «So Tintenscheu»: Frau Rat Goethe a.a.O. S. 513
«Aber schreiben»: Frau Rat Goethe a.a.O. S. 445
«derselbe seine Würckung»: Frau Rat Goethe a.a.O. S. 509
150 «Auch gratulire»: Frau Rat Goethe a.a.O. S. 325
«Lieber Sohn!» Frau Rat Goethe a.a.O. S. 276
151 «Wenn ich aber so»: Frau Rat Goethe a.a.O. S. 386
«Sie haben also wohl»: Frau Rat Goethe a.a.O. S. 457
«Ich habe was ohne Dein Wissen»: Gräf I, S. 21
152 «Du hast recht wohl getan»: Gräf I, S. 25
«Die Frau Rätin»: Gräf I, S. 28
«Wenn Du diesen Brief»: Gräf I, S. 138
155 Motto: Ged. I, S. 612
156 «Du weißt, daß ich zu Hause»: Gräf I, S. 74
«Übrigens bin ich fleißig»: Gräf II, S. 31
«Daß Du so lange»: Gräf I, S. 71
157 «Mir können ja»: Gräf I, S. 75
«Daß Du die Decke»: Gräf I, S. 92
«Daß Du Dich auch wieder»: Gräf I, S. 97
«Aus lauter Hasigkeit»: Gräf I, S. 108–109
«Ich bin heute noch»: Gräf I, S. 109
«Hasig bin ich»: Gräf I, S. 116
«Dich unverhofft zu besuchen»: Gräf I, S. 222
158 «Meine Arbeiten fangen an»: Gräf I, S. 223
«Äugelchen gibt's hier»: Gräf I, S. 223
«Unsere Geschäfte gehen hier»: Gräf II, S. 114
159 «Die Chocolade»: Gräf II, S. 117
«Es betrübt mich recht»: Gräf I, S. 331

«Mit Deiner Arbeit»: Gräf I, S. 188
160 «Hier schicke ich Dir»: Gräf I, S. 208
161 «Es ist recht gut»: Gräf I, S. 208
«Ich danke Dir»: Gräf I, S. 209
«Meine Abwesenheit»: Gräf I, S. 276
«Ich danke jetzt nur»: Gräf II, S. 297
162 «Nun zweigt und blüht es»: Gräf II, S. 301
163 Motto: Ged. I, S. 463
Phantasie über Goethe: Thomas Mann, Gesammelte Werke in zwölf Bänden, Frankfurt a.M. 1960, Bd. IX, S. 730
164 «Wieland verglich»: v. Müller a.a.O. S. 12
165 «Nackend willst du nicht»: Ged. I, S. 473
«daß nahe an der Ilm»: Gespr. I, S. 549/550
166 der jüngere Voß: Gespr. II, S. 365
Wilhelm v. Humboldt: Gespr. II, S. 410
F. B. v. Bucholtz: Gespr. II, S. 837
167 Adam Oehlenschläger: Gespr. II, S. 366
168 «Unser Freund»: Eissler a.a.O. I, S. 584
169 «lebe wohl»: Gräf II, S. 389
J. D. Veit: Gespr. I, S. 586/587
170 F. H. Jacobi: Gespr. II, S. 19/20
C. v. Stein: Gespr. II, S. 53
C. v. Wolzogen: Gespr. V, S. 226
171 W. v. Humboldt: Gespr. II, S. 728
C. Voght: Gespr. II, S. 258
C. v. Schiller: Gespr. II, S. 630
172 «Die gänzlich ungebildete»: Gespr. II, S. 978
K. Stock: Gespr. II, S. 978
K. A. Böttiger: Gespr. I, S. 553
173 «ekelhaft gelb»: Gespr. I, S. 584
«Ich hatte ihn seit ein paar»: Gespr. I, S. 631
«Ich kann manchmal»: Gespr. I, S. 635
174 «Ein Titel und ein Orden»: Artemis-Ausgabe Bd. 23, S. 478
A. L. Hülsen: Gespr. I, S. 779
F. L. C. Oertel: Gespr. I, S. 762
H. C. Robinson: Gespr. I, S. 948
K. Morgenstern: Gespr. II, S. 350/351
175 W. v. Humboldt: Gespr. II, S. 392
E. v. d. Recke: Gespr. II, S. 668

E. Augusti: Gespr. II, S. 1199
176 L. Seidler: Gespr. II, S. 924
K. G. Moltke: Gespr. II, S. 614
177 «Nun muß ich Dir noch sagen»: Federn a.a.O. S. 137
178 «Wonniglich ist's»: Ged. I, S. 464
179 «Ich und der Kleine»: Gräf I, S. 27
«Der Kleine spricht»: Gräf I, S. 31
«Der Kleine läßt»: Gräf I, S. 35
«Ich dachte mir»: Gräf I, S. 83
«Stell Dir vor»: Gräf I, S. 89
«Lieber Vater»: Gräf I, S. 105
«Auch wurde ich sehr traurig»: Gräf I, S. 264
«Lieber Vater!»: Gräf I, S. 274
180 «August ist so groß»: Kasten a.a.O. S. 133
«Denn Deine Kinder»: Gräf I, S. 444
«Erlauben Sie auch ferner»: Kuhn a.a.O. I, S. 369
181 Friederike Brun: Gespr. I, S. 608
182 E. v. d. Recke: Gespr. II, S. 668
«Er hat so ein Mittelding»: Gespr. I, S. 1006
C. v. Schiller: Gespr. II, S. 668
R. v. Both: Gespr. III/1, S. 200
183 C. F. Zelter: Briefwechsel a.a.O. Bd. I, S. 521/522
184 S. Boisserée: Federn a.a.O. S. 192
185 W. Vulpius: Vulpius a.a.O. S. 154
«Du wirst durch Deine»: Gräf II, S. 95
186 W. Vulpius: Vulpius a.a.O. S. 157
187 «Was gibst du dir»: Ged. II, S. 850
188 «Auch hier wird mir»: Gräf II, S. 371
«Wenn ich reich wär»: Gräf I, S. 413

Bildnachweis

Freies Deutsches Hochstift Frankfurt (112 rechts)
Goethemuseum Düsseldorf (112 links, 117)
Nationale Forschungs- und Gedenkstätten in Weimar (102, 103, 104, 105 oben, 106, 118, 119)
Goethes Briefwechsel mit seiner Frau, Band 2, Frankfurt 1916 (Frontispiz, 120)
Archiv Artemis-Verlag (alle übrigen)

Karl Otto Conrady

Goethe

Leben und Werk

2 Bände:

Erster Band: Hälfte des Lebens. Bd. 5670

Zweiter Band: Summe des Lebens. Bd. 5671

Karl Otto Conrady zeichnet in seiner Biographie alle wichtigen Stationen des Goetheschen Lebens auf dem Hintergrund der von Kriegen und der Französischen Revolution bestimmten Epoche nach. Seine Darstellung, die von einer genauen Kenntnis der Briefe und Tagebücher Goethes und seiner Zeitgenossen zeugt sowie die neueren Ergebnisse der Goethe-Forschung aufarbeitet, vermittelt ein differenziertes Bild dieser für ihre Zeit exemplarischen Persönlichkeit. Sie bietet darüber hinaus einen Einblick in das umfangreiche dichterische Werk, seine naturwissenschaftlichen Studien und seine politische Tätigkeit am Hof von Weimar.

»Conradys Goethe-Biographie ist eine bemerkenswerte wissenschaftliche und schriftstellerische Leistung, die höchste Anerkennung verdient.«
Zeitschrift für Germanistik

Fischer Taschenbuch Verlag

fi 2019 / 2

Edith Sitwell

Mein exzentrisches Leben

Autobiographie

Aus dem Englischen von Karl A. Klewer

Band 10782

Edith Sitwell, die hierzulande vor allem durch ihr Buch über ›Englische Exzentriker‹ bekannt wurde, fühlte sich zeitlebens zu jenen hingezogen, die von der Norm abwichen. Denn nichts war ihr mehr zuwider, als zu werden »wie alle anderen«. »Die Mittelschicht-Mühlsteine, denen ich als Kind im Klassenzimmer ausgeliefert war, haben mich wie die Oberschicht-Mentalität, denen man mich als sehr junge Frau überantwortete, mein ganzes Leben hindurch kleinzukriegen versucht. Es ist ihnen nie gelungen.« Ihre hinreißende Autobiographie, die Edith Sitwell wenige Tage vor ihrem Tod 1964 beendete, ist eine witzige, scharfzüngige Beschreibung ihrer Zeit und der Menschen, denen sie begegnete.

Fischer Taschenbuch Verlag

fi 2064 / 1

Elaine Feinstein

Marina Zwetajewa

Eine Biographie

Aus dem Englischen von Hans J. Schütz

Band 11284

Marina Zwetajewa, neben Anna Achmatowa eine der größten russischen Dichterinnen dieses Jahrhunderts, veröffentlichte 1910 auf eigene Kosten ihren ersten Gedichtband, der ihr den Zugang zu Moskauer Literatenkreisen öffnete und ihr selbst das Gefühl gab, zur Dichterin bestimmt zu sein. Bei einem Aufenthalt auf der Krim lernte sie ihren späteren Mann Sergej Efron kennen, dem sie ihr ganzes Leben lang emotional verbunden blieb - trotz anderer Liebesbeziehungen und ihrer »Brief-Lieben« zu Rilke und Pasternak. Nach Krieg, Revolution und Bürgerkrieg entschloß sie sich denn auch ihrem Mann in die Emigration nach Berlin, Prag, später nach Paris zu folgen – eine Zeit der Mühsal und Armut, da die ganze Last, ihre Familie zu erhalten, auf ihren Schultern lag. Als sie 1939 in die Sowjetunion zurückkehrte, war ihre Kraft erschöpft, und sie wählte 1941 den Freitod.

Fischer Taschenbuch Verlag

fi 2065 / 1

Elsemarie Maletzke

Das Leben der Brontës

Eine Biographie

Band 10785

»Wenn die Männer uns so sähen, wie wir wirklich sind, wären sie wohl ziemlich erstaunt,« schreibt Charlotte Brontë in einem ihrer Romane. Und tatsächlich war das viktorianische England schockiert, als in den unter männlichem Pseudonym veröffentlichten Romanen der Schwestern Anne, Charlotte und Emily Brontë Frauen auftreten, die die Doppelmoral anprangern und das Recht auf ein selbstbestimmtes Leben einklagen. Ihre Romane gehören heute zum festen Bestandteil der Literaturgeschichte, aber ihren dauernden Ruhm hat auch das Leben der Brontës selbst mitbegründet, das in einem Pfarrhaus im hintersten Yorkshire seinen Anfang nahm.

Fischer Taschenbuch Verlag

fi 2066 / 1

Peter Stephan Jungk

Franz Werfel

Eine Lebensgeschichte

Band 10181

Zahlreiche, lange Zeit unbekannt gebliebene Dokumente aus dem Besitz von Werfels Stieftochter Anna Mahler sowie in den Universitäten von Los Angeles und Philadelphia archivierte Notizhefte, Tagebücher, Skizzen, Urkunden und Briefe hat Peter Stephan Jungk unter Beachtung der publizierten Primär- und Sekundärliteratur Stück für Stück zusammengetragen. Auf diese Weise verdeutlicht er, wie stark äußere Ereignisse persönlicher, familiärer, kultureller und politischer Art Werfels poetisches wie betrachtendes Werk sowohl in der literarischen Form als auch in Bildkraft und Sprachintensität bestimmt haben. Um zwei Beispiele herauszugreifen: im privaten Bereich war es die dynamische Frau Alma Mahler – im Politischen waren es neben den beiden Weltkriegen das Aufkommen und Anschwellen des Totalitarismus, des Faschismus in Italien und des Nationalsozialismus in Deutschland und Österreich, die Vertreibung der Juden. Die Erzählung dieser Lebensgeschichte des als Juden geborenen, seit frühester Kindheit aber zum Christentum neigenden, sich gleichwohl nicht taufen lassenden Franz Werfel hat Peter Stephan Jungk mit Berichten über Orte und Häuser seines Weges aus eigener Anschauung sehr lebendig durchsetzt.

Fischer Taschenbuch Verlag

fi 1030 / 4

Albrecht Goes

Mit Mörike und Mozart

Studien aus fünfzig Jahren

Band 10835

Albrecht Goes legt mit dieser Sammlung von Essays und Betrachtungen ein künstlerisches Bekenntnis ab, und zugleich ist sie ein Stück Autobiographie. Mit Mozart hat er bereits als Achtjähriger in der Steglitzer Musikschule Bekanntschaft gemacht; schon als Kind von dieser Musik berührt, hat sich Goes immer wieder mit Mozart beschäftigt. Anders die Begegnung mit Mörike: Goes kannte wohl einige Mörike-Gedichte, aber erst der Auftrag, eine Monographie über den Dichter zu schreiben, brachte ihm Mörike näher oder wie Goes in seiner Einleitung sagt: »Mörike oder die Liebe auf den sechsten Blick«, aber von diesem Moment an sollte er Mörike treu bleiben. Die Texte, entstanden in einem Zeitraum von fünfzig Jahren, zeugen von der Liebe und Verehrung, die Goes diesen Künstlerpersönlichkeiten entgegenbringt, ohne sie zu verklären. Selbst mit künstlerischem Schaffen vertraut, geben sie einen Einblick in die Persönlichkeit und nähern sich dem Werk auf unterschiedlichen Wegen, ohne den Blick für das Wesentliche zu verlieren.

Fischer Taschenbuch Verlag

fi 1023 / 3